*A la mémoire
de Morvan Lebesque*

flammantia moenia mundi

PREMIÈRE JOURNÉE

En ce temps-là il y eut une secousse et un glissement dans les bases insoupçonnées de notre monde. Un continent qui se détache, un bloc erratique soudain en marche et qui le sentirait sans tout à fait le savoir, peuvent en donner une idée. Les fracas, les colères étaient peu de chose auprès de la sensation profonde. Tout partait, comme on dit d'un début de syncope — « situation insaisissable », disait cet homme, qui en avait tant saisi d'autres — et tout aussi se remettait bien mieux en place, comme en un rêve, ou plutôt — ce fut la faiblesse — comme dans l'impression qui en persiste et qu'on s'épuise à élucider, le rêve et son vestige étant ici vécus à la fois. Mais l'agacement de la recherche restait pénétré encore de la sérénité de la vision... Bien sûr, il vient quand même une heure où l'on renonce. Et peut-être n'était-ce pas connaissable. Un de mes camarades pouvait dire dans un sourire, et sans qu'on rît de lui, que si l'ordre établi avait basculé, vacillé, perdu ses forces internes pendant deux semaines, s'il s'était de lui-même évanoui ou paralysé — stupeur, effroi qu'aucun danger d'ici-bas ne justifiait — c'était qu'il avait vu l'Ange... Il faudrait dire aussi la joie d'en face, et c'est difficile... Parler de l'arc du sourcil des filles... C'étaient de bien légers insurgés, qui ne faisaient pas le poids, qui parlaient, dans leurs banderoles, de leurs « mains frêles »... Mais justement, disait mon ami, l'Ange...

Un peu plus tard, à la rentrée de septembre — le temps qu'on rédige et qu'on imprime les livres — tout cela fut noyé dans des flots d'interprétations, empruntés aux pensées, aux mots, aux connaissances d'avant, alors qu'une jeune fille ignorante m'écrivait : « Aux devantures des libraires des livres aux couvertures multicolores prétendent raconter nos journées : elles étaient noires et blanches... », et cela me toucha comme touche soudain le vrai. N'en pouvant dire plus, n'osant aborder Mai lui-même, je raconte une histoire qui s'est passée après — après les événements, avant la publication des ouvrages multicolores, qui déteignirent — pendant les vacances : une séquelle, un retour, un remous brusque, attardé, qui à mon sens garde quelque reflet de l'origine...

Mais comment faire, qui décrire, si les gens étaient les mêmes et plus tout à fait les mêmes, et parfois n'étaient pas éloignés de l'admettre — car dans l'ensemble on avait été d'assez bonne foi : les questions qui venaient touchaient à l'existence, ou plutôt ce n'étaient pas même des questions, mais des bougés, des failles ou des lapsus de conduite, des débuts de dérive ou de décollement, de légers séismes dont on n'est pas très sûr après, dont aucune pierre fendue ne témoigne ; même les vies passées prenaient des aspects un peu différents selon les heures, et pas seulement chez les privilégiés de la conscience : les jeunes ouvrières qui refusaient par sanglots et crises de nerfs de franchir à nouveau les portes de l'usine, quoiqu'on leur expliquât la grande victoire syndicaliste, avaient évidemment entrevu quelque chose, autre chose... Quoi ?...

Voilà pourquoi le récit de ces événements véritables qui survinrent en quatre jours et quatre nuits, quelques semaines après Mai, sur la Côte, sera réduit à l'apparente pauvreté des paroles, des gestes, des actes visibles, sans aucun parti pris que d'amour, car de l'amour il y en eut, sans autre apport du récitant qu'une aide à rêver, pour le cas où rêver serait un peu connaître. Les romans modernes ont l'ambition admirable de nous livrer les petites perceptions du dessous des êtres. Mais dans le flottement ou la subversion des profondeurs elles-mêmes où l'on peut voir le signe de cette époque, cela m'eût demandé un travail double du leur, pour ne pas dire infini. Je m'en dispense. J'espère qu'il se fera de lui-même, entre les lignes, chez celui qui voudra bien lire, pas trop vite. Au reste ne fallait-il pas une écriture plutôt ancienne pour faire savoir à tous qu'il est arrivé du nouveau ? Des termes convenus seront parfois bienvenus : ils remettront en mémoire ce qui allait de soi et fut secoué ; ils feront alerte, malaise...

Mais pour le neuf, le radieux, quand il apparaît à lui seul, que faire ? Presque de même. Par très beau temps, dans un ample paysage, plaine et montagnes, les cimes et les lointains sont si purs qu'il se fait, ou qu'on croit y voir, une buée, un tremblement de l'azur, un mystère de la lumière elle-même. C'est en ce sens que je voudrais entreprendre, avec crainte, une narration limpide...

*

Dès le retour à l'ordre, encore assuré par un vote, les vacances avaient commencé. La mer était toujours là. Puis il fallut se rendre à d'autres évidences : par rapport à l'ensemble des années précédentes les températures de l'air et de l'eau étaient stables, l'insolation identique : on cessa donc de faire des histoires au moindre nuage. On ne nota qu'un léger fléchissement dans le succès des galas — côté recettes — mais la cause n'avait rien d'alarmant, au contraire : beaucoup d'estivants étaient arrivés plus tard, ayant eu souci de remplir leur devoir civique, veillant au grain pour le second tour, ne désertant pas. Un grand économiste avait annoncé sur les ondes que dans deux mois il n'y aurait plus ni économie ni franc. Mais d'abord ça laissait intactes les vacances et l'heure n'était pas d'y songer ; et d'autre part les gens qui avaient les pieds par terre vous faisaient observer que les augmentations de salaires allaient évidemment stimuler les achats. Les capitaux partaient, mais ils ne le disaient pas... Bref, tout comme avant, sauf de toutes petites choses, légères et à vrai dire métaphysiques. On eut presque un regard pour les serveurs dans les restaurants. Les femmes après l'amour se sentirent un peu plus seules....

Le guide légendaire avait tout rétabli, une fois de plus, d'un seul coup de gueule, mais ne l'eût pu cette fois sans le travail harassant, pied à pied, terre à terre, de ce Premier Ministre dont les manches retroussées, le colletage, l'empoignade avec les syndicalistes avides, et jusqu'aux poils noirs croissant au long de ses nuits blanches à lui, avaient attendri les Français de gratitude. « Lui, au moins, pour nous tirer de la merde, il y entre », avait-on dit çà et là, propos qui eussent dû inquiéter notre homme historique. Que ce Premier Ministre fût mis en vacances ou en réserve, début juillet, fit peu de bruit. C'était normal, après le mal qu'il s'était donné, le pauvre. Et surtout on savait à présent sur qui compter. Bien plus, on commençait à connaître le prix du fonctionne-ment des choses. Deux hommes, au petit déjeuner, dans le wagon-restaurant du Paris-Nice, un représentant et un cadre, après s'être confié leurs soucis particuliers et réels — « Elle ne va vraiment pas très bien. — Ah !... Vous avez consulté un spécialiste ? — Il fau-dra : les joints de culasse, c'est délicat » — avaient ainsi conclu en se levant : « Eh bien, on y va !... Et demain matin huit heures, faut y être ! — Eh oui, c'est comme ça que ça marche... » Soupirs manifestement guillerets, cependant que ces « ça » faisaient un léger effet de mystère sur leurs voisins de hasard, un colonel gigantesque en uniforme et une jeune femme fine et discrète, auxquels ils n'avaient pas parlé une seule fois, s'étant aussitôt recon-nus l'un l'autre, il fallait croire, comme gens dans le coup, socialement utiles, pour qui ces « ça » allaient de soi. Mon récit ne retrouvera plus ces deux hommes, et c'est dommage, car ils eussent fait un contraste pondérateur à

quelques apparentes folies. Mais je les ai cités
pour qu'on ne les oublie pas, eux et leur espèce
de bien-fondé. Pour ma part, à mesure que le
train ralentit avant l'arrivée, je m'efface...

*
* *

C'était une petite gare de la Côte d'Azur, à
ciel ouvert — on en sortait le long du bâtiment, en plein air — bordée de hauts lauriers
roses des deux côtés, avec de jolis quais de
pierre rouge-brune, mais dans un environne-
ment urbain en plein développement qui lui
faisait du côté de la montagne un véritable
cirque d'immeubles en construction, intitulés
sur de grands panneaux « Résidences », avec
des milliers de fenêtres noires et vides qui
attendaient. Sans doute allait-on bientôt refaire
la gare elle-même pour la rendre digne du
nouveau cadre. La place était déjà en voie
d'éventrement, peut-être afin de supprimer un
terre-plein allongé, ovale, avec deux bancs, un
petit massif de fleurs, trois platanes, agréable
pour ceux qui venaient attendre des amis. Mais
on ne pouvait trop savoir la nature des travaux, en ce matin de dimanche. Les ombres
des immeubles étaient encore longues. Quoique
ce jour, 7 août, fût le plus creux de l'année ––

ceux qui avaient pris août pour vacances étant déjà là — il passait assez de monde, sans doute allant au bain tant qu'il ne faisait pas encore trop chaud, et deux ou trois voitures étaient venues chercher des gens au train de Paris, qu'une sonnerie annonçait.

Carole et Brice, Parisiens quadragénaires, beaux, pas encore « bien conservés », appelés à l'être, familiers comme très longtemps après un lien d'homme à femme, s'étaient d'abord assis sur un banc du terre-plein, mais Carole ne pouvait guère tenir en place et Brice s'était levé à son tour, avec un léger effort de reins, pour la suivre vers le trottoir de la gare.

Deux hommes, secs et noirs, étaient descendus d'une autre voiture et se tenaient debout contre l'autre banc sans dire un mot, attendant. Il y avait dans leur attitude un reste — ou un recommencement — de garde-à-vous. Enfin Jean-Marc et Mathieu se dissimulaient un peu, de l'autre côté de la place, au coin de la palissade d'un chantier. Tous deux avaient vingt ans. Jean-Marc tira de sa poche un paquet de gauloises fatigué, prit la dernière cigarette, à moitié vide, l'alluma d'un briquet en or massif, la jeta presque aussitôt. Mathieu lui demanda :

— Tu vas venir l'attendre tous les matins, ton petit môme ? Tu es pédé ou tu es papa ?

Jean-Marc lui lança par en dessous un regard

noir, mais qui n'arriva pas jusqu'au bout sans
s'éclairer :

— Non. Je lui ai télégraphié avec réponse
payée, pour qu'il prévienne.

— Hou là là ! fit Mathieu, comme s'il éva-
luait l'immensité des tâches du jeune desti-
nataire. Trouver la poste ! Trouver le guichet !...

Et il ajouta :

— Il sait lire ?

— Là, tu attiges ! dit Jean-Marc, un peu
brisé de sourire...

Jean-Marc semblait souffrir, entre autres, de
sa beauté. Affichée elle eût fait de lui, sur
cette côte, un Don-Juan-les-Pins, quoi qu'il fût,
au deuxième regard, plus rare : un corps
d'Egypte, un visage d'Assyrie — du moins s'il
avait eu ses bloucles noires plus longues et si
les traits, sur le point de s'accentuer en bas-
relief, n'avaient été retenus par une pudeur
statuaire, surtout dans ce qu'on appelle les
ourlets : narines, lèvres. Ce visage, parfait, ou
plutôt bien venu comme une esquisse parfaite,
il ne savait que faire pour l'effacer : il le cris-
pait, l'abaissait, le coinçait dans les épaules ;
il dissimulait ses yeux, sans doute pour ne pas
entendre qu'ils étaient « de velours, de biche »,
avec parfois quelque chose de brusquement
enfantin, voire puéril, car au fond il était
encore un gosse, etc... etc... Il cassait en
rictus ses débuts de sourire. Et par une sorte

d'entraînement de tout son être physique à l'annulation, il parlait d'une voix monotone, sourde, sans cesse décroissante au long de ses phrases, mourante au bout de quelques syllabes ; on lui demandait souvent de répéter ; il s'y prêtait peu. Tout ce jeu, destiné à exorciser son charme banal, le faisait fatal. Mathieu, son camarade, était replet, rieur. Ses yeux, qu'il ne cessait de plisser, plutôt jaunes, et son nez court et busqué lui donnaient l'air d'un hibou. Un hibou gai.

Jean-Marc, ayant avisé Carole, se retourna brusquement, le nez vers la palissade.

— Qu'y a-t-il ? demanda Mathieu.

— Rien... La bonne femme, là-bas... La supernana mûrissante...

— Eh bien ?

— Je la connais.

— Fichtre ! Tu me présentes ?

— Tu la verras tout à l'heure, dit Jean-Marc.

— Sans blague !... Le petit coup, c'est contre elle ? dit Mathieu, et il se marra...

Carole faisait les cent pas. Brice suivait.

— Je n'y survivrai pas, dit-elle...

Et peu après, devant le silence de son partenaire :

— J'envie ma fille d'être morte l'année dernière...

Brice eut enfin le geste de reproche, doux et ferme, que l'on attendait de lui :

— Carole ! Ce n'est qu'une maison !... La plus belle de la Côte, bon, mais après ?

— C'est ma vie, vous le savez mieux que personne, répondit-elle, tragique et classique.

Mais comme le Paris-Nice arrivait et qu'elle s'avançait sans entrain vers le portillon, elle ajouta soudain, dans un cri vrai :

— Je la sauverai ! Je trouverai quelque chose !

— Quatre cents millions, soupira Brice...

— J'ai quatre jours, lui dit-elle.

Et elle alla tout à coup d'un meilleur pied, claquant même une fois ou deux du talon...

Parmi les voyageurs qui commençaient à sortir, une jeune femme, portant une petite valise, vêtue d'une robe ivoire et d'une cape à grands carreaux noirs et blancs, adressa un vague sourire à Carole, passa, et s'arrêta au bord du trottoir, attendant. Brice l'avait suivie du regard. Sa nuque était fine.

— Qui est-ce ? demanda-t-il.

Carole eut un geste vague :

— Magazine... Secrétaire, je crois... Guère mieux...

Puis, soudain amusée, d'un air d'offrir ses services :

— On lui dit deux mots ? Je vous présente ? Allez, on revit !

Brice s'étirait un peu et pas seulement de sommeil :

— Ce n'est pas le jour, pas l'heure, et je n'ai plus l'âge...

— Tiens, depuis quand ? lui dit-elle. Vous étiez si folâtre en mai !

— Une flambée, lui dit-il...

— Superbe ! Superbe !

— Une flambée de vieux sarments...

— Allons, vous êtes un chêne ! répondit-elle.

Mais, voyant à six pas le colonel Vannier, son ancien mari, s'avancer vers elle, elle lança, du coin des lèvres, vers Brice, avec un enjouement rageur :

— En uniforme ! Pour mieux me classer à droite !

Carole et le colonel étaient arrêtés face à face. Carole présenta vaguement Brice, qui s'écartait.

— J'ai laissé dormir les enfants, dit-elle.

— Je pensais les voir, répondit-il.

Elle s'impatientait déjà.

— Rassurez-vous, ils seront au cimetière !... Et vous les trouverez levés réglementairement en vous installant chez nous... Et puis c'est moi que vous connaissez le mieux, tout de même...

Le colonel saluait déjà du regard les deux hommes secs et noirs qui se tenaient à distance.

— Je descends chez un ancien camarade,

dit-il. Un de mes sous-officiers. J'y passe l'été.
En principe.

Et il tendit à l'un des deux hommes un
bulletin de bagages. Les deux s'éloignèrent.

— De toute façon, dit Carole, chez nous
c'était provisoire : je vends... Enfin on vend,
dans quatre jours, en principe... C'est pour cela
que nous transférons les cendres de Miette,
de la villa au cimetière, de l'autre côté du
golfe. C'est triste et c'est peu de chose...

— A quelle heure ?

— Dix heures.

— J'y serai.

Il s'éloignait, mais, se retournant :

— Miette, c'était bien la dernière ?

— Bien sûr. Vous l'aviez appelée Marie-
Antoinette, on a gardé les deux bouts... André
est toujours André. Monique est devenue
Patricia, ou Pat.

— Je vois...

— C'est loin pour vous, je comprends, dit-
elle... Vingt ans de guerre, hors de France...

— Quatorze, et six de prison, précisa-t-il en
allant vers les deux hommes qui chargeaient
sa cantine dans leur voiture, et il revint d'un
pas pour préciser encore :

— J'étais perdu dans les prénoms, mais je
ne vous demande aucun compte.

De nouveau il tournait le dos — un dos
massif. Elle ne put se retenir de lui lancer :

— Elle s'est tuée, autant vous le dire tout de suite !

Le dos parut vibrer sous le coup, mais ce fut tout. Le colonel s'éloignait.

Carole, sourdement hors d'elle-même, entraîna Brice.

— Le vieux con ! dit-elle. Dire qu'on a été mariés quatre ans ! Le temps de faire ces trois gosses, à la mitrailleuse ! Qu'est-ce qu'il vient foutre ici ? Il n'a jamais vu Miette, pour ainsi dire !...

— Faut bien qu'il se raccroche à quelque chose, dit Brice. Indochine, Algérie, O.A.S., prison, ça fait un sacré tas de néant !...

— Gardez ça pour vos romans, dit Carole.

Et, désignant la jeune femme qui attendait toujours au bord du trottoir, elle enchaîna, impérieuse :

— Allez, on l'embarque ! Les magazines, c'est reposant !

Comme cette dernière ne voyait pas venir la voiture qu'elle attendait, et qu'elle allait au port à la mode, « tout bêtement », disait-elle avec un petit sourire d'excuse, ils l'embarquèrent...

*

Au début du quai de ce port interdit à toute voiture, la jeune femme, Denise, descendit, remercia, reprit sa petite valise à Brice, disant qu'elle n'avait que quelques pas à faire. Mais le chauffeur en livrée d'une Rolls — qui arrivait à fond de train, l'ayant manquée à la gare — se ruant à la course malgré son âge avancé, lui enleva ce léger bagage presque de force et commença à s'expliquer sur sa panne, sans doute pour obtenir qu'il n'en fût pas question auprès du patron. Ils se dirigeaient vers un yacht.

Brice la suivait des yeux, immobile, quand il sentit Carole derrière lui. Elle était debout, toujours enjouée, mais agressive et comme tendue de défi.

— Allez, Brice, on y va !

— Où ça ?

— On fait le quai ! on se promène ! on fait le quai comme on l'a fait tant de fois !

— Mais la cérémonie ? dit-il.

— J'ai tout le temps ! Changeons les idées !

Elle avait la voix un peu rauque et l'œil si brillant, si étrange, que Brice consentit. Elle partait d'un pas brusque, allègre, comme toutes voiles dehors, sentant qu'on commençait de-ci de-là à la reconnaître. Elle désignait Denise qui s'avançait sur la passerelle d'un grand voilier à l'appareillage, où un vieillard en short, mais comme habillé de ses poils blancs, l'accueillait avec une étreinte insistante — un peu trop, même pour ces lieux :

— Regardez notre secrétaire ! Elle part en croisière intime avec Patakès ! Pourquoi je ne pêcherais pas, moi aussi, un milliardaire ? Vous m'en jugez incapable ?

— Vous auriez pu cent fois !

— Merci. Quand il faut, il faut ! En avant !

Carole avait de ces intonations populaires, voire poissardes, qui contribuaient au style des femmes de son rang, mais qu'on sentait chez elle spontanées, authentiques, venues de loin. Brice fut entraîné par cette robustesse. Il choisit d'aller à grands pas, prit un peu d'avance, sans doute pour ne pas montrer à Carole son visage où la mélancolie de l'amitié en entraînait d'autres, plus générales... Ils allaient. Maintenant on saluait Carole de toutes parts, d'un timbre chaud et discret. On savait la cérémonie funèbre, annoncée dans toute la presse et la télévision régionale, de même que la mise en vente de son domaine trois jours plus tard, et ce transfert des cendres d'une enfant suicidée l'année précédente rehaussait de tragique sa ruine matérielle. Peut-être ferait-il aussi monter le prix aux enchères, par effet de psycho-sociologie courante. Beaucoup murmuraient même : « A tout à l'heure, Carole... », voire : « Nous sommes des vôtres, madame. » Brice, gêné, accélérait.

— Et où allez-vous comme ça ? lui dit-elle.

— Nulle part, je vous assure, soupira-t-il.

— Prenez mon bras !

Et comme il s'exécutait, elle gouailla :

— Pas trop, pas trop, pour que j'aie l'air libre !... Et puis merde !

Sur ce petit mot, qu'elle flûta, elle claqua joliment sa main dans la sienne et, le tenant bien, sans rien perdre de son rythme, elle s'intériorisa dans le souvenir :

— Nous avons eu de belles vacances, Brice.

— Oui.

— Et nous n'avons jamais couché ensemble !

— Non...

— Enfin, presque... N'est-ce pas cela, l'amitié ?...

— Faut croire.

— Et nous n'avons jamais été fâchés !

— Pas que je sache...

— Si ! dit-elle soudain, rieuse. Trois mois, trois mois de suite. Cette lettre stupide que vous m'avez écrite au sujet de la mort de Miette !

Elle cita :

— *Avec votre vie de con et votre monde de cons, vous avez tué votre fille !*

Brice s'excusa, dans un geste vague, d'une voix lasse, un peu grommelante :

— Un sursaut... Je suis spécialiste des sursauts...

Pendant quelques instants elle se tut, répon-

dit à peine aux saluts, et bientôt, tête basse,
sur un ton altéré :

— Brice, si c'était vrai ?

— Quoi ?

— Votre lettre...

— Allons, allons, allons, fit-il, grondant.

Il était grand, fort, facilement inquiétant,
facilement rassurant. Bref, de la ressource. Il
tenait le bras de Carole avec énergie. Elle
s'apaisa. Des inconnus la regardaient, lui
confirmant comme elle était belle. Une voix
haute et claire les fit retourner :

— Maman ! maman ! Regarde !

Patricia sortait, presque en dansant, d'un
petit magasin du quai. Elle était seulement
vêtue d'un maillot de bain qu'elle exhibait,
qu'elle venait d'acheter sans doute : sur le
devant, c'était un deux-pièces minuscule, mais
au dos une sorte de tige de tissu montait des
reins d'un seul jet, bientôt se divisait en bre-
telles et redescendait tenir les enveloppes des
seins, suspendus comme par miracle. Patricia
virevoltait pour faire admirer l'invention, bras
écartés, une main agitant les habits qu'elle
avait quittés. Elle n'avait gardé que ses chaus-
sures à talons aiguilles, qui ajoutaient à l'élan-
cement de sa danse.

— Pat, déjà levée ? dit Brice.

— Pas couchée ! dit-elle.

Et comme elle écartait à fond les bras pour

l'embrasser dans un élan de théâtre, les seins jaillirent, durs, fixes, descendant à peine d'un cran.

— Brice, mon Brice, au secours ! dit-elle amusée, se blottissant contre lui.

Brice remit les seins en place, au plus vite, car ils s'animaient sous le geste...

— Pat ! Tu pouvais me demander ! dit Carole.

— Il les connaît mieux, c'est leur maître ! dit-elle en riant. Pas vrai, Brice ?

Et elle s'éloignait en lançant à sa mère :

— Tu passes payer ?

Brice, le souffle un peu coupé de l'impudence, murmura, imitant Patricia : « Pas vrai, Brice ? » et à Carole, avec force :

— Pas vrai du tout, du tout !

Carole, dans un clin d'œil :

— Pas même une petite occasion ?

— Mais non ! J'enjambe tout, sauf les générations !

— Ça viendra ! dit-elle... Mais où allez-vous encore ?

Brice, en trois bonds, avait rejoint Patricia, ralentie dans sa course par un remous de foule. Il l'immobilisait en lui serrant les poignets à lui faire mal et, droit dans les yeux :

— Dis-moi, tu pourrais pas un peu penser à Miette, au moins ce matin ?

Et Pat, sans fuir son regard, lui répondait

sur un ton traînant d'excuse, indivisiblement
navrée et enjouée :

— Mon Brice, quand je pense à elle, c'est
pour la suivre...

Brice lâcha et rejeta les poignets de la jeune
fille.

— Allez, file, dit-il.

Et quand il eut rejoint Carole, comme elle
lui demandait ce qu'il avait eu :

— Un sursaut...

Ils rentraient. C'était presque l'heure. Carole
paraissait perdue dans ses pensées, mais parfois, comme malgré elle, elle vérifiait l'aplomb
de ses propres seins à la dérobée, ce qui lui
rendait visiblement pas mal de confiance vitale.
Brice vit une fois ce regard : le coin de sa
lèvre s'abaissa en commentaire de cette misère.
Mais un nouveau cri les alerta :

— Carole ! Carole !

Denise, la passagère de leur voiture, venait
de s'élancer sur la passerelle du yacht en partance, perdant et rattrapant l'équilibre, bousculant un marin qui enlevait déjà la rampe.
Patakès, encore assis devant leurs deux petits
déjeuners, semblait ahuri.

— Tiens, elle sait mon nom ! Qu'est-ce
qu'elle veut encore ? dit Carole à Brice.

Mais Denise arrivait sur elle et, de tout près,
d'une voix très basse, précipitée, haletante :

— Pardonnez-moi, je vous aurai ennuyée

deux fois, tirez-moi de là : dites que vous avez quelque chose à me dire, n'importe quoi, emmenez-moi chez vous, faites semblant, je ne vous gênerai pas, je rentre à Paris ce soir !

Carole joua le jeu et cria à Patakès qui s'avançait sur la poupe :

— Alors, vous m'enlevez mon amie ! comme ça ! Eh bien, je vous l'enlève à mon tour ! parfaitement ! au moins une petite heure !

Patakès protestait :

— Mais venez donc à bord !

— Non, non, on a des tas de choses à se confier !

— A tout de suite ! dit Denise avec un geste timide, d'une voix que le mensonge étranglait.

Patakès répondit, de deux doigts, par un baiser d'une égrillardise confiante. Carole, Brice et Denise filaient, tandis que derrière eux la grand-voile orange aux trois quarts dressée retombait d'un coup. Carole prenait Brice à part, lui chuchotant :

— Conduisez-la... Moi je recupère Patricia et je la rentre...

— Pourquoi ?

— Pour qu'elle vienne quand même au cimetière ! Moi je m'en fous, mais son père est là... Allez, allez, dévouez-vous !

*

Ils se séparèrent à l'entrée d'une ruelle, invisible du quai... Jusqu'à la voiture de Brice, et
même jusqu'au dehors de la ville, Denise ne
dit mot. Elle était encore un peu haletante,
un peu pâle, comme stupéfaite de son audace.
Brice, également taciturne, conduisait plus
lentement qu'à l'aller, si bien que des voitures
les dépassaient sans cesse, faisant des souffles
violents et lourds. Quand elle se mit à parler — Brice, lui, ne savait trop que lui dire —
ce fut d'une voix basse, murmurante, mais
simple, et qui avait même ceci d'étrange —
Brice s'en rendit compte peu à peu au long
du chemin — qu'elle était entre toutes parfaitement naturelle, ne semblant rien de plus que
l'haleine qui la portait, et Brice retenait la
sienne pour écouter, souvent reconstituant les
mots après la phrase et répondant ainsi d'une
façon qui pouvait paraître distraite... Dès lors,
c'était l'auto qui devenait un cadre insolite
pour ces propos, même après qu'il eut relevé
la glace contre les souffles externes, même
lorsqu'il lâchait la pression de son pied et que
la voiture roulait un peu sur son erre... Mais
ce dépaysement par le naturel n'allait pas sans
quelques chocs, ou du moins quelques attein-
tes, d'un comique léger, qui le faisaient raidir
avant de s'abandonner : c'était curieux...

— Merci, je vais mieux, dit-elle. J'ai eu peur, vous m'avez sauvée.

— De quoi ?

— De me vendre.

Il crut avoir mal entendu, la fit répéter.

— J'allais me vendre, dit-elle. J'arrivais de Paris pour cela. C'était fait.

— Et qu'est-ce qui vous a fait changer ?

— Ce short...

Elle s'expliqua, discrètement élégiaque :

— Enfin, les poils de ces jambes... Et des épaules, et de la poitrine... Surtout au-dessus des omoplates. Ils avaient beau être blancs et longs comme des amorces d'ailes, je ne me sentais pas transportée... Ça, non...

Et d'un air de s'excuser :

— J'aurais dû le prévoir, mais je manque terriblement d'imagination... Je ne suis pas très... physique...

Elle parlait en regardant devant elle, la tête un peu baissée, comme recueillie, les mains tendant à se rejoindre autour des genoux. Mais comme elle avait failli perdre l'équilibre dans un virage, elle s'inclina sur l'accoudoir, s'allongeant un peu. Brice l'observait malgré lui, ralentissant...

— Mais pourquoi ce débris de Patakès ? demanda-t-il.

— Oh, il est « actif », « vigoureux »... Et puis

3

je n'avais pas trop le choix... Je ne plais qu'aux
vieux...

— Ah ?...

— Oui... En amour, comme on dit, je ne suis
pas une affaire...

Et comme elle surprenait le regard de Brice
sur sa poitrine à peine indiquée sous la robe
— mais peut-être ne savait-il où se poser,
décontenancé — elle confirma, sur un ton de
parodie de mélancolie :

— Non... Pas d'appâts, pas de conviction,
pas de zèle...

Brice, les yeux à nouveau fixés sur la route :

— Ça pourrait me tenter... C'est fait pour ?

— Pardon ? dit-elle.

Et aussitôt, comme si elle avait trouvé dans
sa tête le bon circuit, la catégorie adéquate :

— Ah oui, les travaux d'Hercule... Cela dont
les hommes sont le plus fiers... Honnêtement,
je vous déconseille... Une fois, dans le temps,
j'ai fait un petit bout d'essai pour le cinéma,
entre amis ; on m'a dit qu'on n'avait jamais
vu une telle absence...

— Ça peut s'appeler diaphane...

— On n'a pas eu cette idée...

— Mais pourquoi vous vendre ?

Elle répondit dans un souffle, comme surprise, mais avec une lumineuse évidence :

— Mais... pour ne plus travailler !...

— Ah...

Elle s'expliquait déjà, sérieusement :

— Ça ne m'a jamais plu... Pas de but, pas de dynamisme... Pendant longtemps je n'ai pas osé dire ces choses, je n'ai pas même osé les penser : c'est le siècle... Mais il y a trois mois, je me suis sentie... dans le vrai...

— En mai ?

Elle parut faire le compte.

— Oui, en mai... Aucun rapport avec les événements, bien sûr, ou alors...

Elle dut avoir un petit songe instantané, qu'elle réprima ainsi :

— Mais non, je suis hors de tous les coups... Il ne m'arrive rien et je ne suis pour rien dans ce qui m'arrive...

Mais reprenant alors son avant-dernière pensée, dans une sorte de scrupule d'exactitude :

— ... Sauf que l'interruption de ce qu'ils appellent la vie, au printemps dernier, m'a paru tellement normale, naturelle... Les gens me ressemblaient... Et puis, avec le reflux, je suis restée seule sur la grève...

Elle avait vraiment l'air de parler pour elle-même. Ce jeu de mots sur la grève était encore une façon de rêver...

— Où travaillez-vous ? demanda Brice, faute de mieux.

— Dans la mode.

— Mannequin ?

— Pensez-vous !... Je suis végétative, mais pas souple... Non, dans un illustré... rédactrice en chef...

— Fichtre !

— Oh, il y en a bien dix ou douze, c'est un titre... Je n'y faisais rien — de la présence diaphane, comme vous dites — mais le patron me gardait parce qu'il trouvait que j'avais de l'âme : « Si je fais une page de l'âme, ma petite, je te la colle ! »

Elle riait un peu, et cette fois vers lui.

— Il était vieux ? dit Brice.

Denise, piteuse :

— Eh oui... C'est au-dessus de soixante ans qu'on m'épouse...

Depuis quelques minutes la voiture de Brice n'avançait plus que par élans et roue libre... On commençait à protester à coups de klaxon contre leur allure déroutante. Brice, ayant relevé la glace, demanda :

— Et qu'est-ce qui vous plaît dans la vie ?

— Regarder passer...

— Quoi ?

— ...La vie, les jours, dit-elle... le temps... Dès que je me blottis un peu, je l'écoute, je le recueille... Là je suis très, très heureuse... Je me demande parfois si je ne suis pas une espèce disparue... une...

Elle cherchait le mot, le trouva :

— Une femme...

Elle venait de parler comme une petite brise. Elle ajouta, de nouveau rieuse :

— Je ne suis pas un cas de désespoir, pas du tout...

Brice lui demanda :

— Pourquoi me parlez-vous ?

— Pour vous distraire, dit-elle... Pour payer un peu mon passage... Depuis quelque temps, vous avez l'air d'un auteur qui note...

— Non, dit Brice.

Elle insista :

— Vraiment ?

Il avoua, surpris d'avouer :

— A demi...

Il accéléra. Elle demanda s'ils arrivaient. Il répondit, vite :

— Chez Carole ? Nous avons déjà dépassé. D'ailleurs elle a de drôles d'histoires de famille... Pour attendre le train vous serez aussi bien chez moi.

Puis avec une sorte d'entrain indifférent, de parti pris mécanique :

— Je peux même vous inviter pour l'été, d'accord ? Vous aurez une chambre et vous verrez le temps passer. Il ne se passe rien d'autre...

Elle se taisait, il insistait :

— Alors ?

Elle objecta, dans une moue souriante, avec un désintéressement affligé :

— Je ne plais qu'aux vieux et vous ne voulez
pas l'être !...

Il prit sec un virage, avec cris de pneus. Elle
reprit, apaisante :

— Non, passons la journée ensemble, c'est
le plus sage... Je viendrai longuement l'an prochain, si vous y pensez encore... Moi qui vais
toujours sur la Côte par... devoir, cette fois ce
sera un plaisir vrai...

Et elle demandait à son tour :

— D'accord ?

Il ne répondait pas. Il faisait semblant de
s'appliquer à conduire, à préparer le virage
qui devait le faire entrer chez lui, avec elle.
Mais elle faisait observer, très doucement :

— J'ai dit : « Si vous y pensez encore... »

— Eh bien...

— Ça n'engage à rien... Vous pouvez me dire
« d'accord » et n'y plus penser... C'est permis...
Non ?...

Et après un temps de silence :

— Plus permis ?

Il ne répondait pas. Elle conclut :

— Ah, bon...

Et parut contente, reprenant ses genoux au
creux des mains, comme pour se recueillir ou
blottir en elle-même, comme si le voyage devait
durer encore, alors qu'ils entraient déjà dans
la pinède... Lorsque apparut dans une clairière

un assez grand bateau de plaisance en chantier, Brice claironna :

— Ça, c'est mon chef-d'œuvre ! Je le fais seul depuis trois ans, sans influence extérieure !

— Quand sera-t-il fini ?

— Jamais ! C'est trop beau comme ça !

Ils arrivaient. Brice s'arrangeait pour arrêter la voiture au-dessus d'une paire de grosses haltères qui traînaient là, et comme elle continuait l'entretien en disant, peut-être moqueuse : « C'est vrai, je ne vous ai pas parlé de vos œuvres... », il répondit en claquant sec la portière : « Elles en valent d'autres. »

Et puis, plus doucement, mais sur un rythme rapide :

— J'avoue que j'ai noté qu'une femme écoute le temps...

Et il enchaîna, jouant au guide, avec une emphase de timide :

— Ça, c'est la mer, elle est toujours là. Ça, c'est la maison, petite, pour n'y recevoir personne... presque personne... ameublement moderne, substitut du néant...

Et il ne cessa de décrire le paysage, comme s'il voulait différer ces entretiens qu'elle rendait vrais avec sa ruse légère, peut-être instinctive, de toute façon agaçante. La terrasse surplombait à pic une crique, presque fermée par un promontoire en vis-à-vis, sur l'autre versant duquel on devinait une villa 1900 tarabiscotée.

Sur la plage d'en face somnolaient trois jeunes filles, d'allure saine, un peu trapues, à moins que ce ne fût l'angle de vue qui les raccourcît...

Bientôt, sur un récif escarpé, au milieu de l'anse, s'installait un personnage peu ordinaire qui était arrivé là par une nage sage et antique, en tenant d'une main, au-dessus des eaux, papiers, stylo, journaux, briquet, pipe. Grand, vieux, maigre, plissé de partout, portant lunettes, le visage fin, le nez fort, le sourire urbain, des nœuds paysans par tout le corps, cette espèce de fakir occidental fit sa revue de presse le temps de bourrer sa pipe, l'alluma, brûla ses journaux d'un petit air de symbole, jeta par chiquenaudes la cendre sur les flots, et bientôt, évaluant d'une moue peu favorable l'idée qui lui venait, se mit à écrire. Brice commentait, pour Denise :

— Ça, c'est Jean-Baptiste Rosier, dit « la Rosière », chroniqueur spirituel et spiritualiste du *Beaumarchais*, qui vient sur son rocher tous les matins faire son article. Lecture des journaux du jour en trente secondes, sujet trouvé à la quarantième...

— Fin de la rédaction... ?

— Vous verrez, vous verrez...

— Il est beau, dit-elle.

Et sur un regard étonné de Brice :

— Non, je n'aime pas tous les vieux... Mais il me plaît... C'est une bonne journée, dit-elle.

Brice se tut, perplexe, surtout quand elle répéta sans emphase :

— Bonne journée...

Mais comme elle se penchait sur la balustrade, découvrant au-dessous un sentier vertigineux de rocaille, une petite plage encaissée dans la falaise, un campement très bohème, il se remit à faire le guide :

— Ça, c'est les sauvages, les bons sauvages, mon fils et des copains, genre hippies, très inoffensifs. Je leur ai laissé la grève... Ils disent même parfois bonjour quand ils passent...

— Vous avez un fils ?

— Plus ou moins, dit-il. Naturel, reconnu, hérité d'une mère qui en avait marre. S'appelle Luc. Un peu paumé, plus qu'un peu. Gratte la guitare. Cachetonne dans les casinos. Nourrit la bande.

Le soleil montait. Une ou deux cigales débutèrent. Comme par un effet du terrain descendant on n'entendait pas la route, ce paysage prenait l'air d'un monde fermé, fini. Tous deux s'étaient assis, presque allongés, côte à côte, à une certaine distance, gardant vue sur la mer. Brice rompit le silence en observant :

— Fin de l'article...

Rosier, en effet, s'étirait très lentement en arrière et dans le prolongement de ce geste tendait un feuillet dans la direction de ses trois filles, tandis qu'il appelait d'une voix nonchalante que l'écho de ce cirque naturel amplifiait :

— Marie !... Pain quotidien !...

Sa main tendue en arrière restait en suspens sur les eaux. Mais dès le début de son geste une de ses filles s'était lancée, dans un crawl irréel de silence et de vitesse, et un instant plus tard elle lui ôtait la feuille comme un dauphin acrobate et elle repartait nageant d'un seul bras sur le dos, tenant l'article devant son visage. Arrivée au rivage elle cria vers son père : « Pas trop mauvais ! », car elle avait lu en nageant, et elle s'élançait à la course vers la maison, de l'autre côté.

— Elle va le téléphoner à Paris, dit Brice, et c'est fini. En tout, cinq minutes de travail : votre rêve...

Elle soupira.

— Mais lui, il est très doué...

— Vous le lisez donc ? dit-il avec un début d'ombrage, qu'il parut aussitôt trouver comique.

— Quand j'avais un métier, je lisais, dit-elle... J'ai même un assez grand vernis de culture...

Elle ajouta :

— Je ne pense pas, je dis des bêtises, mais il paraît que je sais parler...

Et après un silence, d'une voix un peu triste :

— Je trouverai très vite un autre job... Pas de risque !...

Elle refusa de fumer, de boire. Elle prit son poudrier, mais pour aviser quelques gouttes de sueur fine que son mouchoir essuya. Comme elle se levait pour pousser son siège à l'ombre, elle eut un regard vers la plage et dit :

— Personne ?

— Oh, ils ne se lèvent pas tôt, dit Brice avec un début de gouaille, en s'étirant à la balustrade. Ils ont de nombreux ébats nocturnes, entrecroisés, emphatiques... et profondément débiles... parias du nirvâna...

Et comme il crut surprendre un regard de Denise qu'il prit pour une ironie envers ses qualités mâles sous-entendues, il ajouta, imperceptiblement vexé :

— Vous jugerez !...

— Je suis si mauvais arbitre ! dit-elle. Et puis, je pars ce soir...

— C'est vrai...

Un cri leur parvint d'en face.

— Papa !

Marie appelait Rosier.

— Papa, le directeur au téléphone, tu viens ?

Rosier sur son récif répondit, très ample :

— Je ne veux pas me mouiller !...

Marie insistait, peut-être à la blague :

— Il est fâché ! Il va te mettre à la porte !

Alors Rosier, tapant des deux pieds dans

l'onde, eut un grand cri que le cirque de roches rendit immense :

— Ah ! s'il pouvait !... L'indemnité de licenciement nous ferait vivre cent ans !

— Mais qu'est-ce que je lui dis ? demandait Marie.

— Que je pense !...

Comme Denise s'amusait, Brice, désignant Rosier de la tête :

— Je vous présente ?

— Oh ! dit-elle dans un délicieux murmure plaintif, un peu choqué... Presque un reproche...

Il murmura « pardon » sans trop savoir de quoi. Ils se rallongèrent, et cette fois ce fut un très long silence, qui aurait pu durer encore si le soleil n'avait une fois de plus rejoint Denise. Elle fut longue à s'en rendre compte. Regardant autour d'elle, elle constata que Rosier et ses filles avaient disparu.

— Tiens, plus personne, dit-elle.

Brice, sans remuer, vit de ses yeux mi-clos où en était la ligne d'ombre, et alors sursauta un peu...

— Mon Dieu, dit-il...

— Quoi ?

— Rien, rien... J'ai oublié quelque chose...

— Il est trop tard ?

— D'une bonne heure, dit-il en se rallongeant.

Elle demanda :
— C'était important ?
Un peu hébété de surprise, il murmurait, mais comme à lui-même :
— C'est gros...

*

La confidence devenait inévitable. Non seulement il avait oublié le transfert des cendres de Miette alors qu'une amitié de plus de vingt ans le liait à Carole, mais il croyait en discerner quelques raisons. Il avait horreur de la mort sur ce rivage. Il se souvint avoir écrit dans sa jeunesse une ballade dont le refrain et le titre étaient *La Côte d'Azur sent la mort.* Elle s'appliquait surtout aux villes de cette côte et provenait — il n'avait plus le texte en mémoire — de la vision d'une palme à l'immobilité métallique, en ombre projetée dans la petite cour intérieure d'un immeuble entièrement bétonné, sur les quatre heures de l'après-midi, en été. Un désespoir, qu'il avait entrevu d'un train ralentissant juste avant la gare de Nice. Et toute la Côte d'Azur allait devenir une ville, un immeuble, un mur de béton avec palmes... De plus, il y avait dix ans de cela, une fille s'était noyée par sa faute. Ramassée au hasard à Sainte-Maxime, en somme louée pour l'été, elle l'avait touché, sans plus. Il n'avait pas voulu voir qu'elle était touchée aussi, mais au fond... Le dernier jour, avant qu'il ne la conduisît au train de Paris, elle avait demandé un dernier tour en mer, et par un mistral dur, inhumain, également métallique, d'un seul mouvement brusque de son corps elle avait fait chavirer le petit voilier. Disparue, à quelques brasses de lui...

Au fond, il n'y avait là ni vraie terre, ni vraie mer. Du néant. Du moins aucune matière, disait-il en plaisantant à demi, pour que les corps ressuscitent... Pourquoi cette villa, où il venait si souvent ? Il l'avait achetée pour ne plus loger chez Carole, ayant atteint l'âge où il pouvait paraître vieux parasite, et d'autre part il voulait rester un peu auprès d'elle, l'ancienneté de leurs liens le rassurant. Depuis dix ans, dans ses nouvelles rencontres « amoureuses », qui étaient nombreuses, il ne témoignait rien qui pût laisser penser à un sentiment, surtout là, où il avait sous les yeux, au large, l'emplacement approximatif de la noyade : d'où la fréquence de ces rencontres, qui ces temps-ci, d'ailleurs, s'espaçaient... Il conclut en disant avec fermeté à Denise que le salut en lui ne viendrait pas de ce côté-là, mais que ce n'était pas grave. Il n'était plus poète depuis longtemps. Il n'avait plus rien d'un fumiste. Il œuvrait de ses bras. Il faisait un bateau...

Le silence les envahit à nouveau, envelop-

pant et annulant le bruit des cigales dont le
nombre tendait pourtant à croître avec l'heure... Ils ne virent pas une vingtaine de jeunes
gens et de jeunes filles qui traversaient la
pinède et descendaient vers la plage. Il est vrai
que leurs yeux cette fois grands ouverts ne
regardaient pas, et que les jeunes semblaient
s'appliquer à passer sans bruit. Pendant longtemps encore, aucune voix ne monta d'en bas...

Brice eut un souvenir qui devint peu à peu
rêve éveillé. Jadis, un été, chez Carole, par mistral, sur le point de s'avancer dans la mer, il
avait aperçu de la fumée noire sur les Maures,
et il avait pris la petite camionnette de service
pour aller au feu. Sur les hauteurs du Plan-de-
la-Tour, rencontrant une dizaine de paysans
qui montaient vers l'incendie, en colonne, mu-
nis de pelles et de pioches, il s'était joint à
eux. Il avait admiré le calme immémorial de
cette colonne montante. Mais devant les flammes, sous un vent qui redoublait de violence,
ils avaient dû battre en retraite, pied à pied,
puis s'enfuir, quand ils s'étaient vus cernés
sous une ligne à haute tension. Ils venaient de
rompre le cercle quand s'abattit un pylône...
Plus bas, sur une route en lacets qui suivait un
torrent sec, en un point où le feu allait foncer
d'un moment à l'autre, Brice vit que le vent,
suivant les contours de la gorge, prenait un
sens opposé à son origine, et, recrutant aussi-

tôt chez les paysans quelques volontaires —
deux ou trois, car les autres n'osaient pas —,
il alluma un contre-feu sur le talus, tandis que
l'incendie dévalait. Il était temps. Le typhon,
le mascaret des deux flammes siffla, hurla, se
tordit, se souleva, fabuleux ; les candélabres
des arbres explosèrent : deux monstres se
prenant au plus haut de la gorge pour s'étouf-
fer en s'échappant vers les cieux. Mais Brice
ne pouvait se prendre au spectacle, car des
flammèches tombaient sans cesse en contrebas de la route, allumant des foyers, menaçant
de coincer les sauveteurs. Il observa seulement
qu'à l'inverse de l'incendie d'en haut, alors dans
toute sa rage pourpre et sombre, chaque point
qui s'allumait dans le sous-bois inférieur était
d'une blancheur brusque et surnaturelle,
comme un avertissement, un signe... Il fallait
dévaler à la couse la pente raide, éteindre le
foyer à coups de plat de pelle, remonter en
toute hâte, recommencer. Parfois on entendait
« Là ! là ! là ! là ! là ! » : cinq ou six fleurs incan-
descentes à la fois. Il y allait. Cela devenait
éperdu. Il n'avait pas peur. Il n'avait jamais
peur depuis la guerre. Mais avec cette pente
abrupte et cette fumée suffocante, son cœur,
qu'il n'avait jamais senti, s'affolait. Il aurait
voulu lui régler son compte à grands coups de
pelle. Il n'avait plus de cils, plus de mèches de
cheveux, plus de chemise, mais le pire était ce

cœur insoupçonné, qui craquait. Bientôt — le souvenir ici devenait rêve — il fut débordé. Le vent eut des remous en tous sens. Les feux d'en bas et d'en haut se rejoignirent. Les ténèbres se firent. Brice s'affaissa lentement. Il crut voir, au-delà de la muraille noire de la fumée — muraille du monde — plus haut, une tache blanche, espace découvert qu'il avait traversé peu avant, où devait luire la lumière. Il commençait à s'y traîner sur les mains et sur les genoux, se demandant pourquoi il ne s'était pas arrêté dans cette vaste clairière, quand il sentit qu'il était en train de s'évanouir et que cette tache de lumière était un effet de sa défaillance...

*
* *

Les pelletées déversaient l'une après l'autre une terre jaune et sèche qui se résolvait aussitôt en poussière, ou presque. Brice poète aurait pu s'y confirmer que le sol lui-même était mort, qu'il n'y avait pas de résurrection des corps sur la Côte.. Mais cela se passait à la télévision régionale — émission « Riviera-Dimanche 16 heures 30 » — qui, vu le peu de temps dont elle avait disposé pour le montage, avait bien fait les choses en ce transfert de cendres. Il est

vrai que Carole, jouant de ses amitiés, avait
voulu informer la Côte, sinon la France et le
Monde, que son royaume amphibie était en
vente, peut-être par cabotinage de désespoir,
peut-être afin de faire monter les enchères,
car selon que le prix atteindrait ou non quatre
cents millions, elle se retrouverait avec un
reste de dettes ou un petit fonds de roulement
pour un redépart, dont elle était bien capable...

Aussi les gros plans terribles des pelletées
alternaient-ils savamment avec des visions édé-
niques du domaine, presqu'île reliée à la rive
par un étroit filament de route, entourée d'une
multitude de récifs qui lui gardaient sa paix,
bâtie de terrasses et de galeries marines, pierres légères parmi les fleurs et les arbres, le
ciel, la mer semblant n'emprunter à la terre
qu'un sertissage. C'était fort beau. Mais les
cinéastes avaient trouvé en chemin un autre
motif de redoubler d'art et de zèle : l'événement étrange qui venait de se dérouler au
cimetière et qui, pris sur le vif, faisait, comme
on dit, un « scoop ». Ils l'annonçaient en commentaire dès les premières images :

« Aujourd'hui, très exceptionnellement, nous
avions décidé de consacrer notre magazine à
la retransmission d'une cérémonie assez triste.
Et nous avons même hésité en dernière minute
à la diffuser sur l'antenne, car elle a été trou-
blée par des incidents encore plus tristes, pour

ne pas dire scandaleux et révoltants, que nous
avons pu prendre en direct au prix... pardon,
au péril de la vie de nos camarades cameramen.
Mais plus que le pittoresque, plus que le sensa-
tionnel, l'objectivité nous commande. »

Le ton était si faux que ça devenait franc : leur joie éclatait. Du coup, les clients de ce vulgaire et moderne bistrot de plage — terrasse au ras du sable aménagée en paillotte, petit corps de bâtiments servant d'hôtel, bar à demi en plein air, télé, juke-boxes, billards électriques, tintamarre — retrouvaient quelque raison de prendre intérêt au reportage que d'abord ils avaient boudé. Mais la table la plus voisine du poste était à présent occupée par un groupe de six à sept jeunes gens en slip ou blue-jean, très chevelus — exceptés Jean-Marc et Mathieu — qui s'étaient mis immédiatement au spectacle comme s'ils étaient venus exprès, se détournant autant que possible des autres consommateurs. Cet « *au prix... pardon, au péril de la vie* » les enchanta. Ils gloussèrent...

Le colonel sortit du corps de bâtiment, portant d'une main, sans difficulté, sa cantine, l'installa dans un coin, refusant d'un geste les offres d'Emilio et de José, les deux hommes qui l'avaient pris à la gare, et qui tenaient le bar, orné de photos dédicacées de vedettes — surtout Macias — et de souvenirs légionnaires.

L'établissement s'appelait *Hydra*. Vannier s'ac-
couda au bar.

— Gambas, mon colonel ?

— Je veux bien, dit-il. Tu as commandé le
taxi pour le train ?

— Il arrive... On aurait tant aimé vous conduire... S'il y avait pas ce coup de feu... vous
excusez, c'est comme ça qu'on dit dans la limonade...

— Pourquoi pas ? dit Vannier.

— Penser que vous étiez venu pour deux
mois !

Le colonel répondit, un peu absent :

— Oh, ici ou là...

Et observant l'animation de la plage et de
la terrasse :

— Tu t'es bien recasé, toi...

— Ben, il fallait, pour la petite famille...

A la télé, le cortège familial quittait le
domaine vers un bateau qui allait le conduire
au cimetière marin, de l'autre côté du golfe.
Gros plans insistants sur Carole, annonce presque publicitaire et lyrique de la vente de son
domaine — « *sa ceinture d'écueils n'a pu le
protéger* » — éloge de ses mérites :

« *On sait tout l'effort d'art, de nouveauté,
de culture qu'elle avait apporté à la production
cinématographique française. On sait ses Palmes d'Or, ses Lions, ses Oscars. On sait moins
ce qu'il lui en a coûté : tout son bien, à la suite*

d'un film mondial inabouti sur la mission de saint François-Xavier en Chine, tous les concours s'étant dérobés au dernier moment : les catholiques parce que le saint avait échoué, les Chinois parce qu'il avait essayé. Mais ce n'était pas son dernier malheur : les cendres de sa fille, Marie-Antoinette, plus familièrement Miette... »

José s'approchait des jeunes gens. Comme Jean-Marc demandait : « Six express ! », un autre lui dit aussitôt :

— Pourquoi tu décides ?

— Y' a plus d' fric, dit Jean-Marc, l'express c'est le moins cher...

— Qu'est-ce qu'il fout, ton Luc à la con ? lui demandait un autre.

Et un autre encore :

— C'est pour lui qu'on a fait tout ce cirque anar et il se balade !... Et il chante !...

— C'est quand même avec ses galas bourgeois qu'il nous fait bouffer, dit Jean-Marc.

— Mal, dit Mathieu. On la crève.

— Celui-là, s'il sort un jour de la merde, on le voit plus ! Récupéré ! dit encore un autre, qui marmottait des bouts de chansons.

— Et toi, lui demanda Jean-Marc, tu es sûr que non ?

Il y eut un froid, un silence. Jean-Marc enchaînait, un peu rêveur, un peu provocant, sur un plan d'ensemble du cortège dans le domaine :

— C'est marrant, j'y ai passé les vacances de Pâques, comme invité de la fille... Ma frangine y va toujours : tiens, c'est elle, à gauche, derrière...

— C'est fou ce qu'elle fait « bonnes œuvres » ! dit un gars, le chanteur rebuté.

On se marra.

Un regard sec de Jean-Marc arrêta les rires. La télé en était au colonel :

« *Grande figure. L'homme le plus décoré de la France Libre. Dès 1947 il repart au combat. Sept ans d'Indochine, sept ans d'Algérie. Là, deux mois d'arrêts de rigueur pour avoir refusé d'appliquer certains moyens d'interrogatoire.* »

— Coupe ça ! dit Vannier à Emilio.

Il venait de découvrir l'émission et d'y apercevoir son visage.

Puis il se ravisa :

— Non, laisse.

Il venait de reconnaître la bande... Les gars n'avaient pas fait attention à lui, préservé par la pénombre et le contre-jour du bar. Il subit la suite du commentaire :

« *S'il se révolte en 1962, avec les « soldats perdus », c'est pour tenir la parole qu'on lui a fait donner à ses musulmans. Capturé, il est condamné, au regret de tous, même des juges.*

Amnistié enfin par les récentes mesures du président de la République... »

Là, quelques rires :

— Tiens, comme on se retrouve !

— Entre réacs, on se boude jamais long-temps !

« *Son fils, sorti premier cette année de Centrale...* »

— En avant pour la technocratie !

André était un grand jeune homme au visage long, timide, aux cheveux nets, aux yeux à la fois sereins et inquiets.

— C'est pas le pire, dit Jean-Marc.

« *Sa fille Patricia, toute jeune et déjà célèbre pour sa beauté. Elle refuse pour l'heure d'être vedette... Mais qui peut dire ?...* »

— Allons bon ! grommela le colonel.

Et dans le silence canaillement poétique du speaker qui suivait l'interrogation sur le destin de la jeune fille, il entendit Jean-Marc ricaner :

— Elle finira comme ça ! Elle vaut pas mieux !

On eût dit que Jean-Marc profitait de cette apparition sur l'image pour faire face — sans doute mieux ainsi, en magie, qu'en la vie : pour régler un compte. Et comme Patricia regardait droit devant elle, l'œil fixe, cela pouvait paraître un défi réciproque. Les gars étaient frappés. Le plan de Patricia s'éternisant avec de légers

changements d'angle, un gars finit par dire à
Jean-Marc :

— Dis donc, elle a payé l'opérateur, ou c'est
toi ?

Le mot n'eut pas d'écho. Le visage de Pat,
quelque part au-delà de la pureté dure des
traits, disait une blessure. Elle serrait les
lèvres — peut-être pour l'appareil, car à la fin,
prise de profil, elle les relâchait et cela lui rendait une enfance triste. Jean-Marc, à l'inverse,
après avoir paru d'abord effaré de cette rencontre, semblait méditer du mal au point de ne
plus respirer... La détente fut brusque, et même
ponctuée d'un début nerveux de rire, quand
apparurent sur l'écran Marthe et Honoré, bon
couple de Méridionaux du répertoire, domestiques de Carole, « *depuis longtemps ses amis* »
— mot destiné sans doute à remplacer quelques mois ou quelques années de gages, dit
Jean-Marc — ainsi que Thomas, leur fils,
vingt ans, trapu à lunettes, genre méritant-
abruti, dont Carole avait « *favorisé les études
jusqu'à Navale* ».

Mais l'apparition sur l'écran de Jean-Baptiste
Rosier sonna l'alarme :

— Oh, merde !

— Le gars du rocher !

— Le vieux schnock d'en face !

— S'il nous donne...

Mathieu, rassurant, leur dit :

— Visez-moi l'épaisseur des verres ! Paraît qu'en communiant, des fois, il rate l'hostie !

Famille, domestiques, amis une fois rangés dans la vedette qui traversait le golfe dans le calme du matin, avec fond sonore de chris-crafts et passages lointains de skieurs nautiques, on vit en surimpression sur le cercueil la photographie de Miette, la suicidée : une Patricia plus tendre, plus chétive, déjà défaite. Un gars murmura :

— Pauvre Luc...

Et demanda :

— C'est toujours de ça qu'il est dingue ?

— Oui, dit Jean-Marc.

— Alors faudrait moins le charrier, dit un autre, approuvé par le silence, tandis qu'un lent fondu au noir du visage de la morte terminait la première séquence du reportage...

La seconde fut brève comme l'événement. Le Tout-Paris était venu au cimetière, ce qui arrachait à Carole quelques regards, sinon joyeux, du moins émus et reconnaissants. On présenta quelques grandes vedettes de l'assistance, cependant que Jean-Marc prenait avec froideur un petit carnet de notes et que les gars commençaient comme à l'ordinaire une autocritique contradictoire :

— Ce coup, je le sentais pas, c'est pas idéologique !

— Névrose bourgeoise !

— Et une fille qui crève de l'air du temps,
c'est rien, pour toi ?

— C'est ça, la « vie quotidienne » ! Tout est
politique !

— La bourgeoisie dévore aussi ses enfants !

— Vos gueules !

Sur l'écran, en effet, c'était l'heure. Un chœur
d'enfants, autour de la tombe, chantait à plu-
sieurs voix une mélopée recueillie quand on
entendit plus loin, comme en surimpression
sonore, une autre chanson, presque aussi
douce. L'assistance se demandait visiblement si
c'était là un effet de polyphonie lorsqu'elle
perçut mieux les paroles et discerna l'ironie
des voix :

> Mai, mai, joli mai,
> C'est le joli mois de mai.

Un triple jet de pierres, aux lanceurs invisibles, sema une telle confusion criaillante que
l'assaut ne fut guère qu'une formalité. Des
bombes à peinture rouge suffirent à précipiter
la déroute. Deux flics de service intervinrent et
furent aussitôt désarmés et assommés. L'un
d'eux avait eu le temps de tirer en l'air. Carole,
qui voulait faire face, fut entraînée de force
par des amis. Le grand mystère fut que le
colonel se croisa les bras sur place, regarda,

et que nul ne le toucha : peut-être fut-ce un effet du désordre...

Mais les cameramen s'en étaient donné à cœur joie : sans doute embusqués à terre, entre les tombes, ils n'avaient rien perdu de l'attaque et un monteur inspiré avait fait une sorte de fresque temporelle des assaillants dans leurs bonds et leurs gesticulations les plus sauvages, parfois en pleine action, parfois au ralenti, parfois immobilisés un instant. Jean-Marc cochait à mesure, en hâte, sur son carnet, les camarades ainsi distinctement pris. On voyait même Mathieu, déchaîné, faisant au passage, sur la tombe, une esquisse précipitée de signe de croix.

— Tu as pas pu te retenir, toi ! lui dit Jean-Marc.

— Ben, c'est mon job ! dit-il... O vive moi ! Oh, bravo !

Il s'applaudissait, lançant sur la caméra qui venait de le surprendre une pierre qu'on voyait arriver dans un grossissement énorme jusqu'au noir total : sans doute avait-il brisé la lentille... Cependant une seconde vague d'assaut composée de jeunes filles jetait à toute allure des brassées de fleurs des champs dans la tombe ouverte, et bientôt une banderole sur le cercueil. Jean-Marc fermait son carnet, de guerre lasse.

— Bon ! vous y êtes tous ! c'est la joie des

poulets ! Foutez le nez dans vos jus ! Laissez finir peinardement l'émission, je paye, on se taille !

« *La police a déjà reconnu la bande gauchiste de la Sorbonne qui a fait dégénérer la semaine dernière la grève des Conserveries de Carpentras en incidents violents, réprouvés par les travailleurs eux-mêmes et leurs organisations syndicales !* »

Là, devant les nouvelles vertus prolétariennes du Pouvoir, ils eurent tous un rire, mais sans entrain. Jean-Marc ruminait, mâchonnait :

— Et comment on va circuler ?... Et ce connard de Luc, toujours dans la nature !... Et le fric ? Et la bouffe ?... Et le petit qui arrive pas de Paris !

« *On les croyait déjà passés en Italie où ils devaient internationaliser le désordre.* »

— Bon ! dit Jean-Marc. En plus, l'Italie, c'est cuit ! On est plutôt attendus à la frontière...

— Mais qu'est-ce qu'on fait ? Où on va ? lui demanda-t-on.

— On fait rien, on va nulle part ! On reste planqués sur place, dit-il.

Et il gouaillait sombrement :

— On est en vacances, les gars ! Tiens, puisque ma frangine a une tête de bonnes œuvres, elle viendra nous ravitailler ! C'est pas reluisant...

— Tu ferais ça ? dit Mathieu, aux anges, car

depuis quelque temps, considérant les amuse-gueule du bar, il ne vivait plus... Mais tout à coup il s'écria, peut-être un peu fort :

— Oh, vise !

Leur désignant le colonel, adossé à ce même bar, qui les regardait...

Ce fut un lourd silence... Sur l'écran on donnait une interview de Rosier qui disait, sans qu'on sût s'il se foutait du monde :

« Des fleurs des champs sur la tombe, peut-être un signe de croix... Ce franciscanisme me comble... J'accorde que la manière peut surprendre, mais les premiers franciscains étaient des fous et des voyous, pour l'époque... J'accorde que ces jeunes gens planent un peu et enfourchent quelques chimères, mais il n'est pas prudent d'avoir les deux pieds sur la terre, quand elle bouge... Pas prudent du tout, du tout... »

— *Merci, merci »*, disait le reporter sèchement, cependant que le chroniqueur spiritualiste du *Beaumarchais* était balayé de l'écran et qu'on cueillait d'autres témoignages plus convenables, tandis que dans le fond de l'image Patricia, l'air tragique, prenait le bras de son frère et l'entraînait à pas heurtés en se blottissant un peu contre lui ; sans remarquer la caméra, ils s'avancèrent, longèrent le bord de l'image et disparurent en avant ; elle parlait par saccades, mais le son était occupé ailleurs... Jean-Marc ne la suivit qu'un instant et du coin de l'œil, appliqué, sur place, avec tous ses camarades, à soutenir le regard de l'adversaire et guetter l'événement, car Emilio décrochait le téléphone... Le colonel dut entendre le déclic, car sans quitter des yeux les jeunes gens ni l'écran — où l'on revenait sur le champ de bataille vide, la tombe ouverte et le cercueil délaissé — il eut un geste latéral du bras et raccrocha.

— C'est pas un flic, dit Mathieu.

D'autres ricanèrent :

— La noblesse !

— La Vieille France !

— La vieille Gaulle !

Un autre se levait à demi, et à voix basse :

— On fout tout en l'air ? On casse ?

— Taillez-vous, dit Jean-Marc, tranquillement assis... Je paye, j'arrive...

— Il va te foncer dessus, dit Mathieu.

— J'espère.

— Qu'est-ce que tu cherches avec lui ?

— Rien. Je suis le seul pas repéré, c'est tout. Je l'occupe... Foutez le camp à la nage... Sur la route, vous êtes faits...

Ils obéirent, laissant Jean-Marc et le colonel face à face.

Le colonel venait de repasser sur l'écran. « *Mon colonel*, avait dit le reporter, *une chose m'étonne...* — *Moi, beaucoup !* » avait-il coupé

net en sortant du cadre... Mais là, dans le
bistrot, il fit un demi-pas en avant, ou plutôt
il cessa de s'adosser au bar, et Jean-Marc,
d'en bas, le vit très grand. Mais sans baisser
les yeux, au contraire, s'adossant mieux sur sa
chaise, s'étendant presque, avec volupté inso-
lente, et fixant bien l'adversaire, il tira de sa
poche deux ou trois pièces d'un franc et ne
s'arrêta plus d'en tapoter la table, comme pour
demander l'addition ou faire de l'officier un
barman, scandant et pianotant ainsi de plus en
plus fort le slogan de Mai, le rythme déjà célèbre : « Ce n'est qu'un début, continuons le
combat !... » Quelques oreilles se dressèrent
chez les clients, mais la peur fit le silence...

Le colonel comprit sans doute mieux le défi
par le sourire et l'attitude de Jean-Marc —
toujours aux trois quarts vautré, la main libre
ostensiblement pendante — car le rythme de
Mai parut plutôt lui brouiller l'esprit : son
front bas, ses yeux lourds cherchaient en vain...
Il s'avança. Jean-Marc se levait lentement,
comme à loisir, mais une de ses mains derrière
son dos s'emparait d'une carafe. La télé annonçait sur un ton ironique : « *Et voici ce qu'ils
ont déposé en hommage pour la défunte : une
banderole... à la chinoise !* » José se saisissait
d'un couteau sous le bar, et observait la rencontre...

Ils étaient tout près l'un de l'autre... Une

légère feinte du colonel fit que Jean-Marc atta-
qua trop tôt. Son poignet fut intercepté, broyé,
son corps plié presque à terre sans résistance
possible, au point que le colonel put recueillir
de ses doigts la carafe et la replacer sur la
table. Mais comme dans ce geste il avait aperçu
l'écran sur lequel l'on donnait un gros plan de
la banderole, posée sur le cercueil, inclinée
dans la tombe, où l'on pouvait lire :

« *A Miette, consommée par la consommation* »,

il recula un peu, redressant de force son
adversaire, relâcha son étreinte sans que Jean-
Marc songeât à s'en délivrer, lui désigna l'écran
d'un mouvement de tête, et là, visage à visage,
d'un air profondément intrigué, d'un ton à la
fois pesant et pour un peu pacifique, dans une
naïveté de détresse dont on ne pouvait savoir
si elle tenait à son caractère ou aux choses
mêmes, il demanda, au sujet de l'inscription,
ou de tout :

— Qu'est-ce que ça veut dire ?...

On aurait dit aussi le premier soulèvement
lent de la matière sous la poussée obscure de
l'interrogation... Jean-Marc dut ressentir que
n'importe qui, à sa place, eût fait droit à ce père
questionnant sur sa fille morte, car il hésita,
comme s'il allait tout dire, mais il finit par
répondre avec une lenteur provocante et api-
toyée, encore aggravée d'un sourire :

— Les déchets de l'Histoire, ils comprennent pas ça...

Tandis que d'un geste souple il se dégageait de la poigne du colonel, se retournait vers un billard électrique, fourrait une de ses pièces dans la fente, et jouait en soutenant le regard de l'ennemi dans la glace grisâtre du panneau vertical, aux chiffres égayés de pin-ups et de bananes...

Les tilts se multipliaient, sans doute un peu au hasard, tandis qu'à la télé commençait l'émission qui faisait suite : un chanteur acrobate, accompagné de chœurs invisibles, virevoltait et s'égosillait en play-back dans les mâtures et les agrès de yachts en rade de Cannes... Le colonel, immobile, bientôt secoua la tête comme pour chasser une mouche — ou le bruit, ou l'effet d'un coup interne — recula d'un pas vers le bar, puis s'y acouda, lentement, comme une montagne s'affaisse. Jean-Marc continuait sa partie, parfois guettant des yeux ce dos immense et tassé, moins par crainte que par un début de curiosité qu'il dissipait aussitôt, s'affairant trop aux manettes, ratant des coups, bientôt poussant dans la fente une autre pièce d'un franc, l'avant-dernière, et rameutant toutes les billes en bousculade grondante... Au bar, les deux sous-off de la Légion servaient la clientèle en bouillant sur place. Emilio s'écarta largement du colonel — sous

le prétexte d'attraper une palette et de déca-
piter le tumulte d'une bière — et dit à José,
très bas, lui désignant Jean-Marc et les six
cafés sur la table vide :

— Va desservir, laisse jouer, laisse partir.
Ça va faire une bonne petite grivèlerie, avec
fuite...

— Pour moi les jus, dit Vannier.

Les sous-off se regardèrent, de l'air qu'on a
quand on doute soudain de Dieu...

*

Bientôt un grand jeune homme, vêtu d'un
pantalon gris de ville et d'une chemise blanche
à manches longues — pour seule négligence il
avait les poignets déboutonnés — entrait timi-
dement dans le bistrot, cherchait des yeux,
semblait reconnaître le colonel et s'approchait
de lui avec un peu de crainte.

— Excusez-moi... Monsieur...

Vannier n'entendit pas. Emilio allait aviser
le colonel qu'on le demandait quand le jeune
homme s'enhardit à murmurer, un peu pitoya-
ble et stupide :

— Papa...

Vannier se retourna, le reconnut :

— Tiens... Comment m'as-tu trouvé ?

— J'ai cherché, dit André.

Il ajouta, pour gagner du temps :

— Un peu partout... J'ai fait les hôtels de la route...

Il se balançait d'un pied sur l'autre avant de reprendre, puis il dit son message d'une traite :

— Maman trouve un peu triste de nous séparer comme ça. Elle voudrait vous avoir à dîner ce soir.

Le colonel regardait son fils, qui était encore plus grand que lui, mais très mince : grand flandrin, n'eût été ce regard intérieur...

— Tu viens... de sa part ?

André balbutia :

— Oui... aussi...

— Eh bien, tu lui présenteras mes excuses. Je pars tout de suite.

Il ajouta, au bout d'un instant assez long, comme s'il terminait un message radio militaire :

— S'il n'y a rien d'autre, ce sera tout.

— Au revoir, dit André faiblement.

— Au revoir, dit le colonel.

Et, se retournant vers Emilio, il commanda à voix forte :

— Gambas !

André s'éloignait, mais lentement, flottant un peu, comme s'il cherchait quelque motif de s'attarder ou de revenir. Il aperçut Jean-Marc dans la glace du billard électrique et, enhardi par un petit signe — qui pourtant ne justifiait

pas un abord — il s'approcha de lui par-der-
rière. Jean-Marc, sans se retourner, lui dit :

— Salut.

— Salut, répondit André, gauchement.

Jean-Marc continuait à jouer de ses manettes. Aux tilts et aux variétés de la télé s'ajoutait
à présent un juke-box, encore assez sourd —
un chanteur sans voix — mais de table à table
on commentait encore la brève bagarre avec
entrain : en la mimant, on cassa deux ou trois
carafes.

— Tu es sorti premier de Centrale ?

— Non, second.

— Tu baisses.

Cela mit un peu de liant. Jean-Marc enchaîna,
sarcastique :

— Alors, en Mai, tu as pas fait tes révisions ?

André répondit :

— Ni rien d'autre...

— C'est toujours ça...

André demanda presque aussitôt :

— Le cimetière, c'est toi ?

Jean-Marc, tout en sauvant désespérément
une bille dans une dizaine de déclics, précisa :

— Luc et moi. Tu sais qu'ils s'aimaient bien,
avec Miette...

André fit observer :

— Vous n'y étiez pas vous-mêmes...

Jean-Marc demanda :

— Fallait ?

André :

— Qu'est-ce que tu en penses ?

Jean-Marc, dans une lueur brusque de sourire, mais oblique :

— De quoi tu te plains ? On t'a évité le choix !

C'était aussi un mot d'amitié, dont André fut reconnaissant. Il s'enhardit encore et demanda, peut-être pour rester sur les lieux avec un prétexte :

— Tu te souviens de Patricia ?

Jean-Marc ricana doucement, la tête dans les épaules, en entamant une troisième partie :

— Un peu !... C'était ma folle passion à Pâques. Je me traînais après elle comme une loque... Elle va ?

— A la sortie du cimetière, elle est venue contre moi.

— Ah ?... Oui, tiens, j'ai vu, au passage...

— Elle m'a dit : « J'ai fait la conne avec Jean-Marc. C'est pas croyable. »

— Et puis ? Qu'est-ce qu'elle t'a dit encore ?

Il chantonnait un peu, pour la parodier, ou pour faire l'indifférent. André répondit :

— « Je suis foutue », ou quelque chose comme cela...

— C'est nouveau, dit Jean-Marc...

Et bientôt, après un tic de ses lèvres, ou comme s'il avait repris un peu de salive dans sa gorge :

— Dans le bordel, on raconte n'importe quoi...

André fit observer :

— C'est la première fois qu'elle me parle, depuis des années... Ça m'a fait drôle...

Puis il rougit très fort, s'avisant tout à coup que pour meubler l'entretien il avait engagé étourdiment une étrange affaire, assumé un rôle peu honorable. Jean-Marc, l'œil fixe, perdant sa première bille sans réagir, lui répondait avec lassitude, comme au supplice :

— Laisse tout ça...

*

André s'éloigna promptement en faisant un signe d'adieu — ou d'excuse — par le biais de la glace. Jean-Marc lui dit, assez fort, tendu, sans se retourner :

— Tu ne m'as pas vu ! N'oublie pas !

— D'accord.

Le colonel, se dirigeant au-dehors, vers le taxi, retombait sur son fils et lui disait, avec un début d'humeur :

— Tiens, tu es encore là ?

— Je... partais, dit André.

Après un bref silence, Vannier demanda soudain, à son tour presque timide :

— Tu es en voiture ?

André faisant signe que oui, au bout d'un temps son père se décida :

— Si je pars demain, tu me déposes à la gare ?

André, dont le visage s'éclairait lentement :

— Je te prends ici ? A quelle heure ?

— A la même heure, dit Vannier... Un peu plus tôt, si tu veux. Qu'on cause !..

Et d'une voix plus forte, lui tapant un peu sur l'épaule :

— Comme c'est pas le train de l'Histoire, soyons en avance !... Bon, file !

*

André s'éclipsa vite pour cacher son contentement ou prévenir un contre-ordre. Le colonel tendit un billet à José en règlement du taxi puis, sans doute étourdi par le bruit qui redoublait — la télé persistait, Jean-Marc s'agitait sur place, le juke-box était devenu frénétique — il alla faire quelques pas sur le sable.

C'était, à trois kilomètres de Carole et de son domaine, une plage très populaire — gentille, si on prenait son parti de l'entassement. Il allait. Peu à peu tous ces gens qui s'amusaient dans l'eau ou dans le soleil lui pesèrent, comme si les familles qu'il allait voir désormais, même bêtes et chamailleuses, devaient le renvoyer à sa condition désertique et lui inspirer une sorte de vaste incrédulité en tout espoir. Il continua, mécanique, les yeux à terre...

Au bout de quelque temps une ombre apparut à son côté. Jean-Marc le dépassait d'un pas rapide, raide, et sans un regard lui lançait du coin des lèvres :

— Je vous envoie un gars qui en sait assez long sur Miette... Dès que je lui mets la main dessus, il vient et il se déballe... Luc, de la part de Jean-Marc...

Au bar, au billard électrique abandonné, un gosse extasié profitait à l'œil de trois billes...

*

Jean-Marc était venu vite, il avait presque accouru... Vannier suivit des yeux sa démarche dure que le sable ne parvenait pas à fléchir : ses jambes et ses reins avaient l'air de charrier une poitrine et une tête rétives, absentes.

Le colonel parut prendre quelque intérêt — à lui ou à autre chose au monde — puis il eut de nouveau cette secousse, cet ébrouement de la tête contre le buste, par quoi il paraissait encaisser un coup, chasser un insecte — ou plutôt, cette fois, refuser, renoncer à tout...

Jean-Marc, qui regardait alors derrière lui, aperçut ce geste, tiqua et repartit aussitôt en chantonnant comme un gosse qui ferait l'homme :

— En tout cas, je ne veux plus voir l'autre salope...

Et après quelques pas, dans un rire solitaire, à dessein vulgaire, haussant et secouant les épaules :

— « Je suis foutue » ! Tais-toi, tu m'affoles !

Et encore :

— « Je suis foutue » ! Non mais des fois !...

Et ensuite, s'arrêtant presque :

— Manquait plus qu'elle !...

Et il cracha, pour expectorer l'amour bourgeois.

*
**

Non loin de là, mais sur la plus haute corniche de la Côte, un acrobate ou un fou à motocyclette foutait le plus intense bordel dans une circulation automobile encore assez fluide, mais dense, provoquant une émeute de klaxons, de freins, d'accélérateurs, de changements de vitesse, de grincements de chapeaux de roues, d'injures et de menaces de mort à poings tendus hors des portières, cela tout simplement parce qu'il était en joie. Il dansait sur la route, il dansait sur la selle, il criait, il chantait en couvrant la tempête de musique concrète qu'il déchaînait. Ses cheveux longs et son blouson noué autour du cou flottaient loin derrière. De son dos à ses flancs brinqueballait sa guitare, que parfois il pinçait d'une main, parfois des deux, lâchant tout à fait le guidon pour improviser. A la troisième collision qu'il provoqua par des petites queues de poisson, tressautant de ses fesses lourdes, il s'envola dans le Verbe :

— Ils m'ont bissé ! Ils m'ont doublé mon cachet ! Plus on les traîne dans la merde, plus ils jouissent ! Ils m'auront pas ! Je ne veux pas être vedette ! Je ne serai pas comme Miette !... Tiens ! pare cette botte, Pompon de mes rouflaquettes !

Car il avait un principal ennemi, hurlant, au bord de la congestion, charriant une épaisse et ingrate famille dans sa DS, physiquement assez proche du Premier Ministre du mois de Mai, qui le poursuivait pour lui faire un mauvais parti...

Il s'esquiva une fois de plus. Ce fut alors que lui vint, presque sur le ventre, sa guitare, et qu'il créa, scandant sur les cordes, montant d'un seul élan au vers alexandrin, son visage mi-ogival mi-batracien saillant et se craquelant de liesse :

J'ai chanté, j'ai chanté au casino de Cannes !
Je ramène le fric aux copains éblouis !
Avec ça on fait la virée en Italie
Saluer les anars du congrès de Carrare !

Son ennemi Pompon le toucha, mais ne fit que le propulser. Un poids lourd arrivant en sens inverse, il fut sauvé, se faufila, érafla une 2 CV, dit « Pardon, peuple ! » et reprit :

Je suis Luc ! Un paumé qui gratte la guitare !
Miette est morte ! on s'aimait, on se faisait
*   du bien !*
Sa mère a préféré qu'elle crève dare-dare !
Les copains, les copains m'ont vengé ce matin !

Dans cette ivresse finale il avait lâché les deux mains, levé les bras. Son ennemi Pompon, revenant très fort, le dépassa, le coinça contre la file qu'ils doublaient à toute vitesse. Collisions sur cinquante mètres. Il sauta, il plana, il retomba assis. Sa guitare le rejoignit aussitôt, dans un bruit sinistre de fêlure. Alors il la tapa, et ensuite son propre crâne, signifiant d'un geste de ses mains en balance que les deux instruments étaient dans le même état. Mais l'assaut général des bagnolards, jaillis de toutes leurs boîtes contuses, ivres de vindicte, interrompit alors sa rêverie hamlétique. Pour échapper au lynch il sauta le parapet, dévala dans le maquis, entre les chênes lièges, à travers les ronces. On le poursuivait. Il était très jeune mais bas sur pattes et abruti par le choc. Il perdait du terrain, il perdait même, par les poches de son blouson, des floppées de billets de banque. En des temps ordinaires ou légendaires cela l'eût sauvé à tous les coups, mais les honnêtes gens de cet été, à cause de ce printemps, préféraient à tout la vengeance. Il se froissa la cheville au passage d'une murette. Il se blottit, attendit le hallali... Mais on entendait là-haut une telle cacophonie de klaxons que les poursuivants de pointe, dégrisés, se dirent l'un à l'autre avec sobriété :

— Ça embouteille.

— Et puis il y a les assurances...

Et amorcèrent une remontée républicaine...

Tapi, n'ayant pas vu ce miracle civique, Luc attendit une minute et continua sa descente dans le maquis, ébahi, boitillant, déconnant, mais dans un lyrisme plus humble, du genre « C'est pas construit, par ici. Quand le bâtiment ne va pas, rien ne va, donc la Révolution est en marche. » Il arrivait juste au-dessus de la corniche inférieure, à deux cents mètres à peine de la villa de Brice, son père, et il se préparait à sauter sur la route, quand une silhouette qui s'avançait au loin, comme vers lui, en marche rapide, le dessaoula, le décomposa. C'était Jean-Marc qui rentrait. Luc s'effondra au pied d'un buisson, s'y cacha, plié d'angoisse, claquant des dents, hoquetant « J'ai paumé le fric, j'ai paumé l'herbe, j'ai fait le con, il va me saquer ! »

Lorsque Jean-Marc fut passé, il eut un sursaut de courage, ou d'excessive misère, et appela : « Jean-M... », mais sa voix s'éteignit et il fut saisi d'étouffements et de spasmes qu'il amplifiait par ses efforts pour en réprimer le bruit. Jean-Marc, croyant avoir entendu quelque chose, s'arrêta, guetta, repartit. Luc se tordait à présent des pieds à la tête. Il essaya de sangloter, de vomir. En vain. Il se cognait le front avec des pierres, mais au dernier moment, par instinct, il amortissait le coup. Pas de sang. « Hystérie », dit-il. Il ne prenait plus de tranquillisants depuis Mai. Il lui en fallait. Il y en avait dans sa chambre, celle de la villa où il avait habité avec son père, les autres vacances, avant d'aller cette fois-ci camper sur la plage avec les camarades qu'il avait invités pour être un peu plus aimé... Il dit « En avant ! » Il sauta sur la route sans trop de mal. Il ne sentait plus sa cheville. Il ne sentait plus rien qu'au creux de l'estomac les ondes incessantes de son angoisse qui demandaient à faire éclater le corps, mais se répercutaient contre les parois et revenaient en interférences et remous, à devenir fou. Des voitures passaient. Il regardait les roues, mais se dit avec mépris : « T'iras pas ! T'es un dégonflé ! », et il marcha vers la maison de son père. Peut-être s'y planquerait-il, par peur de Jean-Marc et des copains.

*

Le soleil déclinait, mais il faisait très chaud.
Brice et Denise en étaient au même point, à
la même place, inertes. L'heure du train approchait. Brice ayant proposé un bain, sans conviction, elle demanda avec un gémissement
léger s'il fallaït absolument faire quelque
chose, et finit par accepter une douche. Il l'installa, lui apporta des serviettes, lui dit qu'elle
trouverait au besoin des « trucs d'été » dans
l'armoire, et elle répondit avec enjouement
qu'elle s'en doutait, mais que pour si peu de
temps ce n'était guère la peine. Elle dit : « L'an
prochain, j'en apporterai moi-même... » Comme
il sortait de la villa pour l'attendre, il vit son
fils. D'instinct il barra le seuil :

— Où vas-tu ?
— Dans ma chambre, dit Luc.
— Elle est prise.
— Jusqu'à quand ?
— Je n'en sais rien, dit Brice...
— Allons bon ! reprit Luc.

Et, un sourcil arqué, l'œil à la fois un peu
idiot et malin, il s'avança et vint ricaner sous
le nez de Brice :

— Chambre à part ?... Sœur de charité ?...
Dernière chance ?

Luc se setrouva six ou sept mètres plus

loin, à terre, assommé d'une gifle... Son père lui demandait :

— Ça va mieux ?

— Ben... C'est pas mal tombé, dit-il.

— Au fait, dit Brice — il tirait un télégramme de sa poche — c'est arrivé hier soir. Je l'ai ouvert, c'était à mon nom.

Et son fils l'ayant lu :

— Demain, 17 heures, si tu veux, je peux te conduire...

— Ça va te déranger, dit Luc.

— Ça m'occupera, dit Brice...

Luc s'éloigna.

Au bout de quelques minutes, après une longue respiration, Brice prit le couloir de sa villa et frappa un coup à une porte.

— Oui, répondit Denise.

Il entra. Elle était à l'autre bout de la pièce, vêtue d'une tenue qu'elle avait trouvée là, deux-pièces et boléro de soie, fleuris, avec des tons de rouille et de cerise. C'était très élégant et cela ne convenait pas. Ce corps pourtant n'était ni frêle ni gauche, ni trop pudique, encore qu'elle eût été plus pudique nue. A croire en effet qu'elle n'était pas faite pour cette époque... De plus, encore que la pénombre où elle se renfonçait quelque peu fût assez claire à cette heure, il ne la voyait guère : il n'aurait pu dire les seins, les hanches, les jambes, et ce n'était pas non plus qu'elle fût

exagérément élancée, d'un seul jet ; ce n'était
pas non plus cette sensualité qui allège et unifie
certains corps en un foyer confus de lumière
tiède... Brice ne pouvait percevoir que le déca-
lage étrange entre cette personne et ce costume...

A moins qu'elle ne récusât du fond de soi
ces vêtements qui n'étaient pas d'elle... A moins
qu'il n'eût déjà perdu, lui, son passé, dont le
retour, alors, avec ces habits connus sur d'autres, devait lui faire offense ou malaise... Il ne
se sentait pas bien... Elle devina quelque chose,
car désignant sa tenue d'un geste de mains
timide, elle lui demanda d'une voix faible,
mal amusée, peu convaincue :

— Ça va ?

Ne pouvant parler il fit longuement non de
la tête et cela fit naître, presque à la fois, chez
lui, puis chez elle, une vapeur de pleurs et
un éclair de sourire qui jouèrent entre eux, et
ils y assistaient...

Enfin, du ton dont on assume un grand risque, après avoir longtemps hésité, elle dit,
presque imperceptible :

— Vous irez m'en acheter d'autres ?

Et presque tout de suite il fit signe que oui,
dans une respiration, la première... Elle désigna son sac entrouvert, entre eux, sur une
table basse, plus près de lui :

— Là, vous avez l'argent qui dépasse. Prenez.

Il n'y allait pas. Il se disait même choqué, en un geste inepte. Elle, avec une audace suprême et naturelle, risquant même le rire :

— Non, je ne me vends pas deux fois dans la journée...

Une hilarité séraphique et presque silencieuse les prit ensemble, et cessa de même, avec quelques halètements tardifs, légers, alternés... Il s'avança, prit les billets, mais presque aussitôt les reposa et sortit en lui jetant, sans se retourner :

— Demain, vous irez faire les courses...

Elle, émerveillée :

— Demain ?...

Et lui alors, sur le pas de la porte, sans se retourner davantage, songea :

— Nous finirons bien par avoir faim...

Et il sortit à grands pas de la maison. Mais sur le seuil — était-ce, dans le couloir, cette glace, devant laquelle il était passé si vite ? — il ajouta, d'une voix beaucoup plus forte, il lui cria presque :

— Ne me laissez pas tomber !

∴

Luc n'était pas encore descendu sur la plage.
Quoiqu'il fût pour Jean-Marc messager de bonnes nouvelles, il le voyait, à la verticale, de
dos, étendu sur le sable à l'écart de tous,
lisant ou ne lisant pas un livre, comme il faisait
quand il était dans une humeur noire : nul
n'osait approcher. Luc, instable et perché, sembla décider d'attendre, d'autant plus qu'un
chris-craft arrivait à la plage, conduit par une
jeune fille qui faisait signe, et que les camarades, après un instant d'incertitude, s'écriaient
avec liesse :

— Jean-Marc ! La frangine ! le fric ! la
bouffe !

Jean-Marc, se retournant à peine sur le flanc,
et d'ailleurs du côté opposé à l'événement,
lança :

— Eh bien, prenez-les, quoi !

Et bascula de nouveau sur le sable, sur son
livre... Alors Mathieu s'avança vers lui, tandis
que s'organisait le débarquement des vivres
— non sans mal : le chris-craft ne pouvant
aborder la plage, on faisait la chaîne ; le premier
débardeur avait de l'eau jusqu'au cou et parfois même flottait, perdant pied, selon les
déplacements légers du bateau à l'ancre ; un

pain fut mouillé ; un cageot de bouteilles som-
bra, et fut sauvé...

Jean-Marc sentit sous ses paupières fermées
qu'on lui faisait ombre. Mathieu lui dit, sur un
ton de préambule :

— Qu'est-ce que tu lis ?

Jean-Marc souleva à peine la tête, répondit,
avec lassitude et absence :

— Des idées...

Et il retomba encore, tandis qu'un geste sec
de ses doigts enfonçait dans les plis du livre
une photographie de Patricia...

— Qu'est-ce qui ne va pas ? dit Mathieu, qui
n'avait pas vu.

— Rien, rien...

— Le petit ? Daniel ?

— Voui, mon père ! répondit Jean-Marc, sarcastique, se croisant les doigts des mains devant les yeux en grille de confessionnal, et il
enchaîna très vite, comme pour dissimuler son
vrai souci :

— Le petit, il a dû se faire piquer au Quartier. Quand il voit trois cageots dans un coin
et un flic dans l'autre, il se tient plus, il fait
son émeute !... Tiens, un jour que les C.R.S.
lui voulaient rien — sans doute qu'ils le trou-
vaient trop môme — comme il n'avait sur lui
qu'un demi-citron contre les gaz, il le balance
en pleine gueule du capitaine : pour le tirer
de là on a eu douze blessés ! D'ailleurs, partout

où il est, partout où il arrive, c'est le folklore !
S'il vient pas, c'est peut-être mieux !

— Pas d'autres emmerd' ? dit Mathieu.

— Non mais... c'est l'Inquisition !

Jean-Marc se rejeta une fois de plus sur son livre, mais ce geste même le referma. A peine le visage de Marx était-il apparu sur toute la couverture qu'une épaisse liasse de billets de banque vint lui recouvrir la barbe.

— Voilà, dit Geneviève, sa sœur, qui arrivait ruisselante.

— Tu as pu ? C'est à toi ? dit Jean-Marc.

— Oh, regarde !

De fait, il y en avait beaucoup. Jean-Marc s'assombrit encore et, détachant âprement chaque syllabe, demanda :

— Qu'a dit Pa-pa ?

Geneviève cita, en mettant le ton, un ton qui frisait la gouaille épaisse :

— « Aucune contrepartie. »

Jean-Marc s'assit d'un bond, l'air traqué, amorça presque le geste de déchirer la liasse et d'un seul coup la fourra de force dans le bas du slip de Mathieu :

— Tiens, prends !

— Où ?

— Là ! Aucun risque d'insurrection !

— Tu diminues mes mérites ! dit Mathieu.

— T'excite pas, ma sœur, c'est un curé ! de basse banlieue !

— Bon. Je file, dit-elle.

— Salut, merci quand même !

Il se détourna d'elle. Elle s'était à peine éloignée qu'elle lui lança :

— Je vais dîner chez Patricia ! Tu viens pas ?

Il répondit sans un regard, après un sursaut :

— Tu rigoles...

Elle s'éloignait encore. Mathieu avait fauché au passage d'un porteur un chorizo qu'il dévorait par l'arc du milieu.

— Elle nous gâte ! dit-il.

— C'est ça ! Transfère sur la bectance ! dit Jean-Marc.

Et il rappela Geneviève, déjà loin :

— Hep !

— Oui !

— Je suis à Deauville ! ou Agadir ! comme tu voudras ! Pas ici !

— Bon ! A Gaza ! cria-t-elle.

— Ça va, ça va...

Il ne restait que les deux bouts du chorizo.

— J'ai pas fait vœu d'abstinence, bafouillait Mathieu, bouche pleine.

Geneviève entrait dans l'eau. Jean-Marc la rappela encore :

— Hep !

— Quoi ?

— Dis-lui qu'elle est très té-lé-gé-ni-que !

— De ta part ?

— Merde !

Un grand cri venu des hauteurs les fit se retourner :

— Jean-Marc ! Jean-Marc !

— Quoi ?

— Daniel !

Luc dévalait, agitant le télégramme. Jean-Marc, brusque et sinistre :

— Il ne vient pas, je parie !

— Mais si ! dit Luc.

Et il lisait à voix haute dans le vent, debout sur une falaise :

— « Arrive lundi 15 heures... »

Et après un temps bref, pour ménager son effet :

— « En première » !

Jean-Marc répétait « en première », désarmé... Luc achevait de descendre. On s'attroupait. Un gars :

— Tu lui paies des premières ?

— C'est un permis, dit Jean-Marc... Un billet gratuit de journaliste, que j'ai eu par des mecs... C'est forcément en première...

Et dans un début de rire, rêveur :

— Il aura connu ça avant la disparition des classes...

Tous disaient à Jean-Marc, presque à la fois :

— Eh bien, tu le voulais, tu l'auras !

— Jour et nuit !

— Sur les bras !

— Sur le dos !

— Ça oui ! dit Jean-Marc, feignant l'ennui, laissant venir le ravissement, et il regardait la mer, les arbres, le paysage, et répétait, idiot :

— Il aura des vacances... Et la bouffe tombe bien. Il la saute depuis quinze ans qu'il existe.

Luc profita de l'euphorie pour se confesser :

— J'ai paumé le fric...

— T'en fais pas, y' en a, dit Jean-Marc en en le secouant par la tignasse.

— Et l'herbe, et la guitare, et la moto, continuait Luc enhardi.

— Quelle moto ?

— Je l'avais piquée à Cannes.

— Tu as porté plainte, au moins ?

Ils rirent... Mais au bruit sec et soudain du moteur de Geneviève qui démarrait, Jean-Marc changea de visage.

— Hep ! cria-t-il à sa sœur.

— Quoi ?

— J'arrive !

Il s'élança. Les gars, d'abord stupéfaits, le rattrapèrent. Il forçait l'allure.

— Je reviens, disait-il... Je suis là ce soir... Un truc à régler... à finir...

Et repoussant Mathieu, d'une voix vulgaire à l'excès :

— J'ai pas fait vœu de continence !

Il s'était jeté à la nage. On ne le rattraperait

pas. Alors les gars, surtout les filles, debout
sur le bord, s'écrièrent, en une sorte de chœur
spontané :

— Laisse ! Il va baiser dans la haute !
— Dans de vrais draps !
— En satin rayé !
— En soie !
— Bleus ou roses ?

L'une d'elles fut plus directe :

— Jean-Marc, tu serais pas un tout petit
peu salaud ?

Jean-Marc, qui soulevait un bras et une
épaule pour respirer, amplifia le geste, pivota
sur lui-même et, dans le bref instant où il se
retrouva glissant sur le dos, avant d'achever
son tour et de reprendre son rythme, demanda,
d'une voix étrangement distincte :

— Laquelle d'entre vous a couché avec un
prolo ?

Et n'attendit ni n'entendit de réponse.

A bord du canot de Geneviève, après s'être
essuyé les yeux, qu'il avait fragiles, il les vit
affairés à ranger les vivres sous un rocher, sans
un mot...

*
* *

Il ne s'était pas essuyé le reste du corps et
se tenait accroupi, les bras autour des genoux,

sur le pontage avant, laissant le vent le sécher, goûtant ce froid. De plus il esquivait ainsi les conversations avec Geneviève.

Patricia ne le reconnut pas tout de suite, car elle regardait la mer sans la voir, et de plus le bateau passait en ombre chinoise au-delà de la ceinture d'écueils, qu'il contournait avec soin avant de s'engager dans la passe étroite. Elle n'entendit même pas le bruit du moteur, si distinct dans le calme de ce début de couchant. Son banc — on disait déjà « le banc de Patricia » comme on avait dit naguère « le banc de Miette », tant l'une puis l'autre y passaient d'heures inertes — était plus qu'à demi taillé dans le rocher, avec raccords de ciment, sur une petite plate-forme à mi-pente d'un promontoire, à peu près invisible du reste du domaine, peu soupçonnée de la mer : ainsi les bancs des guetteurs sur les sommets de roches des Maures. Elle était nue sous une robe de chambre ouverte assez large et ce devait être son habitude, car le hâle suivait à peu près le dessin de l'échancrure : elle faisait fi de ses devoirs de bronzage. Un transistor silencieux, des magazines inentamés l'entouraient de part et d'autre. Elle s'allongeait, repoussant un peu son poste...

Quand elle vit le bateau, elle dut reconnaître Jean-Marc à sa silhouette, car elle s'élança, gorge nue, comme une folle, par le chemin jus-

qu'en haut du promontoire, traversa la terrasse qui bordait la piscine et se précipita
dans sa chambre — une entre cinq ou six autres
alignées sous une galerie à colonnes, chaque
colonne semblant s'élancer d'un laurier rose —
fit claquer les volets de sa porte-fenêtre, mit
le loquet. On entendait la voix de Carole appe-
lant partout :

— Thomas ! Thomas ! Honoré ! Marthe !

Carole descendit elle-même sur le rivage,
oubliant de poser le papier bleu qu'elle avait
en main. Thomas se portait déjà dans un minuscule canot vers le chris-craft qui avait jeté
l'ancre à vingt-cinq mètres — c'était la seule
servitude de ces lieux — mais dans une impul-
sion Jean-Marc s'était jeté à la nage, saluait au
passage Thomas, prenait terre aux pieds de
Carole, laquelle soulignait avec un peu de
malice cette hâte qui ne lui était pas destinée :

— Jean-Marc !... Par exemple !... Cette impa-
tience me comble ! Venez vite !

Ils marchèrent, parlant, Carole sur un
rythme assez vif, Jean-Marc plus lent, les yeux
aux aguets.

— Vous avez passé vos examens ?

— Oui, finalement y' en avait...

— Reçu, bien sûr ?

— Admis à continuer...

— Vous reconnaissez, depuis Pâques ?

— Toujours pareil.

— Non, vous ne trouverez plus, en vous éveillant, vos tulipes jaunes sur fond de mer. Elles n'arrivent pas à l'été... Mais la douche est toujours tiède ! Car vous restez, n'est-ce pas ?

— Non. Pas ce soir, dit-il.

— Après, il sera trop tard. Nous en avons pour trois jours. Vous savez peut-être ?

Il fit signe que oui. Carole criait :

— Pat ! Pat ! C'est Jean-Marc, figure-toi !

Elle cognait à ses volets.

— Pat !... Tu es bien là ?

Pas de réponse. Alors elle entraîna Jean-Marc, et d'une voix basse et rapide, coupée de soupirs :

— Mais non, elle est toujours fourrée sur son banc, toute la journée, dans le même négligé... oui, le même que Miette, avec transistor et magazines : hallucinant !... Ah, Jean-Marc, pour un peu je vous appellerais à l'aide !

— Pour quoi faire ?

— Pour la révolutionner ! Le choc !... Dire qu'au début mai je l'ai envoyée à New York pour étudier les « public-relations » ! C'est bien moi ! Il vaut mieux en rire !

Rosier, également invité, attendait sur la terrasse. Elle les présenta, mais aussitôt, ayant aperçu Marthe, la domestique, elle alla la trouver, en s'excusant, « pour une urgence ». Au passage elle tomba sur Geneviève et lui glissa rapidement à l'oreille, avec autorité, désignant Jean-Marc :

— Mais il va très bien ! très bien ! Qu'est-ce que vous me racontiez ?

Rosier, charmant, un peu narquois, dit à Jean-Marc :

— C'est l'heure de la civilisation ?

— Il fait beau, dit Jean-Marc. Peut-être un petit peu frais.

— Oui, quand on sort de l'eau, c'est naturel, dit Jean-Baptiste...

Tous deux se retenaient de s'esclaffer. Mais Carole arrivait auprès de Marthe et, sous pression, agitant le papier bleu :

— Marthe ! Marthe, c'est gagné ! Votre maison est à vous ! Les créanciers acceptent de la détacher du domaine ! Je vous la donne ! Allez, ne m'oubliez pas trop !

Marthe éclatait en sanglots, s'écriant : « Madame !... Madame !... » Carole en rajoutait :

— Nous déménagerons le pavillon de Miette, nous deux, rien que nous deux ! Allons, allons, plus de larmes !

On voyait en effet un petit pavillon entouré d'arbres dans la partie la plus sauvage du domaine. C'était par là, bizarrement, qu'arrivaient Brice et Denise... Carole avait invité Brice, il n'y avait pas une demi-heure, lorsqu'il s'était excusé par téléphone de son silence aux obsèques en lui confiant, d'un mot pudique,

l'événement, l'avènement de Denise. « Ah, si
cela pouvait être, Brice ! » avait-elle dit, ami-
cale... S'ils arrivaient par là, c'était sans doute
que Brice, étant de la maison, ayant vécu en
ces lieux, avait voulu les montrer d'abord à
Denise, l'heure n'étant plus trop à ces tours
du propriétaire que Carole conduisait naguère
avec maestria...

Jean-Marc aperçut Brice. Brice ne l'avait
jamais vu de près. Mais pour Rosier, perché à
longueur de jour sur le roc d'en face et qui
venait de le reconnaître, c'était plus grave.
Aussi Jean-Marc lui demanda-t-il à voix basse :

— S'il vous plaît... J'aimerais être un peu
tranquille là-bas, sur ma plage... Alors vous
ne m'avez jamais vu, d'accord ?

— C'est presque vrai, dit Rosier, tellement
ce décor vous change...

— En moi-même ?

— Parbleu ! Vous venez de dire « ma »
plage... Voulez-vous une de « mes » cigarettes ?

Il tendait un paquet vers Jean-Marc, ajoutant :

— Ici ma pipe serait vulgaire. Ainsi ces
cigarettes, achetées pour la circonstance, me
dépersonnalisent, en d'autres termes m'aliè-
nent. J'ai tort de dire « mes »... Sacré problème, pas vrai ?

Il se payait sa tête. Jean-Marc allait partir. Il
en avait assez. Comment, d'ailleurs, avait-il pu

tant se plaire, il n'y avait pas vingt semaines, dans cette nature truquée de luxe où la piscine le dispensait de la mer, où chaque bain était suivi d'une douche tiède, où l'anarchie elle-même tenait du rite ? Il sentit s'agrandir le vide dans sa tête, et le décor sauta une fois ou deux dans ses yeux, comme s'il s'avouait faux. Il amorça la fuite. Il fit deux ou trois pas...

Mais les volets d'une chambre s'écartèrent avec fracas. Patricia, étincelante, jaillit, courut d'un trait se jeter au cou de Brice, où elle tournoya suspendue, sans qu'on sût si ce numéro était destiné à tracasser Denise ou exaspérer Jean-Marc — lequel venait d'accepter la cigarette aliénante de Jean-Baptiste...

— Brice, mon Brice, fais-moi tourner comme avant ! dit-elle, et, d'un faux air de s'excuser, à Denise : « Vous comprenez, c'est mon oncle, mon tuteur, mon instituteur, mon maître ! Je lui ferai sa soupe tous les soirs sur ses vieux jours ! »

Denise répondit :

— Non, mademoiselle...

Avec une douceur définitive.

Et Patricia lui demandant :

— On parie ?

— Tu aurais tort, dit Brice, tranquille.

Du coup elle feignit d'apercevoir Jean-Marc, qui était à vingt pas :

— Tiens ! dit-elle...

Et ils s'avancèrent très lentement l'un vers l'autre, cependant que Carole, rejoignant Brice et Denise, leur faisait grâces, et que Rosier feignait de s'intéresser aux pithosporums d'une façade.

Ils étaient donc seuls et s'avançaient. Ce fut long. Au départ, comme pour être plus libre, Jean-Marc avait jeté sa cigarette à peine allumée dans la piscine — sacrilège absolu en cette maison — et Patricia était passée d'un coup de sang brusque, atavique, à un sourire complice presque canaille. Mais en se rapprochant tout devenait plus grave, comme si le nombre des combinaisons possibles était vaste, ou que tout dépendît au contraire avec rigueur du premier mot qui passerait l'air, ou même du son qu'il aurait. En cette attente, leurs visages se vidaient. A deux pas elle s'arrêta, raide, pâle, et lui lança d'une traite :

— Ma mère te cherchait partout pour nous marier, faire acheter ce bastringue par ton père et en jouir encore. Je ne t'aime pas, tu ne m'aimes pas. Tu n'as rien à faire ici. Va-t-en.

— Bon, viens, dit-il...

Il lui tendait sa main. Elle la prit. C'était joué. Ce geste les avait disposés face à la mer et ils descendirent vers elle, beaux à voir, plus que beaux peut-être, l'événement si bref ayant eu sa majesté... Jean-Marc tirait encore un

peu Patricia, mais de moins en moins, mais à
peine... Ils allaient s'ajuster au bonheur de
leurs pas... Cependant Patricia dut sentir
Carole par le travers, ou même distraire un de
ses regards vers elle, car elle murmura avec
une rage blanche :

— Vois comme elle jubile...

Jean-Marc lui répondit :

— Tu vois quelque chose, toi ?

— Non, plus, dit-elle, et elle épousa sa
démarche...

Ils allaient... Mais bientôt ils rencontrèrent
Thomas qui gravissait le perron de la terrasse, moulé dans un pantalon noir et une
chemise blanche que ses épaules et ses fesses
faisaient craquer — sans doute sa tenue ancil-
laire de l'été dernier, ou de l'autre, mais il
avait forci et Carole s'était ruinée... Il trans-
portait un lourd plateau d'argent si chargé
d'apéritifs que quelques bouteilles brinqueba-
lèrent. Il eut vers Patricia et Jean-Marc un long
coup d'œil latéral en dehors de ses lunettes,
regard qu'il rectifia aussitôt par une attention
un peu affectée à sa charge. Il passait...

— Attends, Thomas ! dit Jean-Marc.

Et à Patricia :

— Une seconde...

Il prit le plateau, le porta, le déposa sur la
table basse de la terrasse, disposa les verres,
avec un peu de spectacle...

— Laissez, monsieur Jean-Marc, dit Thomas... Ça ira...

Alors Jean-Marc, d'un geste vif, lui dégrafa sa chemise, criant presque :

— Respire, mon gars, respire !

Et rejoignit aussitôt Patricia, qui commençait à se sentir plantée sur place. Du moins elle lui dit avec un peu de nervosité :

— Bon. Tu m'as dit « viens ». Où on va ?

— N'importe où... En bas... Faut parler...

Elle demanda, dans un début de chavirement, mais précise :

— Tout n'est pas dit ?

Sur le point de répondre — ou de ne pas répondre — il fut pris, tout à coup, de frissons et de claquements de dents. Elle le regarda : encore mouillé, une mèche collée au front, il paraissait chétif, rapetissé, un peu misérable...

— Qu'as-tu ?

— Rien, dit-il... Enfin, j'ai froid...

Et il ajouta, presque à part :

— Drôlement, même... Qu'est-ce qui arrive ?

Il précisait, piteusement :

— C'est pas le cœur...

Elle, soudain, pour chasser peut-être un commencement de peur, ou d'angoisse :

— Mais tu es mouillé, à l'ombre ! Tout simplement ! Sèche-toi ! Mets tes habits ! Où sont-ils ?

— Laisse...

— Dans le bateau ?

Elle appela :

— Thomas !

— Mais non, ça va ! dit Jean-Marc.

— Thomas ! vite ! vite !

Le domestique s'avançait.

— D'ailleurs j'en ai pas, dit Jean-Marc.

— Pas d'habits ?

— Non. Je suis venu comme ça...

— Ah..., dit-elle, plus dure, l'œil en alerte.

Et à Thomas :

— Non, rien... pardon...

Puis à Jean-Marc, après l'avoir quelque peu scruté avec la férocité soudaine des femmes inquiètes, et s'être tout à coup ravisée, donnant un délai à son souci :

— Viens chez André, il te prêtera des trucs...

Elle l'entraînait. Carole demanda de loin, au passage :

— Qu'y a-t-il, Pat ?

— Rien, il a froid !

— Allons bon ! dit Carole, d'un ton d'humour qui la dispensait de dire : « C'est tout l'effet que tu lui fais ! » et qui parut provoquer quelques petits rires...

André lisait sur un fauteuil, dans sa chambre. Patricia y pénétra en coup de vent. Jean-Marc attendit au seuil et se contenta d'un vague salut gentil. Puis il fit quelques pas, s'appuya au montant de l'échelle de la piscine, trempa un pied dans l'eau, le secoua... L'eau était normalement fraîche... Il était moins inquiet de son état qu'intrigué...

André n'avait pas quitté son fauteuil. Patricia, sortant avec quelques habits, lui baisa le front au passage.

— Eh bien, tu vois, il est là, dit André.

— C'est pas ses bagages qui nous encombrent, dit-elle, froide...

Et lorsqu'elle eut remis à Jean-Marc les habits et une serviette :

— Passe là. Je t'attends.

— C'est ta chambre ? dit-il en entrant.

— Tu reconnais pas ?

— Faudrait que je la connaisse.

Il repoussa un peu le volet, qui fit barrière. Ils se parlèrent, de part et d'autre, avec des silences où croissait le bruit de fond des invités : deux ou trois autres, en effet, venaient d'arriver sur la terrasse. Elle demanda, comme si c'était négligeable :

— Alors, tu es dans le coin ?

— Tu vois, dit Jean-Marc.

— Au moins, tu as ta douche tiède ?

— Mes yeux vont mieux.

— Tu aimes le sel ?

— J'aime moins le sucre, dit-il.

Et il enchaîna :

— C'est bien les Etats-Unis ? C'est joli en mai ?

— C'est grand, dit-elle.

— Oui, c'est gros, répondit-il.

Elle déclara, un peu péremptoire :

— C'est là-bas que tout se passe...

— C'est partout, puisqu'ils sont partout.

Elle, après un silence :

— Je t'ai écrit.

— J'ai pas ouvert mon courrier.

— Deux cartes.

— Ah oui, dit-il... vachement coloriées... *ice-cream*, framboise et pistache...

Elle poussa le volet, entra. Il était derrière, dans un coin d'ombre. Il n'avait eu le temps de revêtir qu'une chemise blanche, trop longue. Ses mains étaient presque prisonnières. Elle ne voyait guère que cette forme blanche et parfois l'éclair de ses yeux, leur pâle éclat. Ils paraissaient agrandis par la diminution du reste de la personne. Elle considéra de nouveau la chemise blanche et se mit à rire.

— Qu'as-tu ? dit-il.

— Ce que tu as l'air...

Elle hésita, riant encore. Etait-ce la charité ou l'hilarité qui l'empêchait de trouver le mot ? Quand il vint, porté par le rire, il explosa :

— ... pur ! dit-elle.

Le rire s'arrêta net. Elle s'avança vers lui, beaucoup plus sourde :

— Et pourtant tu es venu pour me faire l'amour et puis te barrer.

Elle précisa :

— Te barrer sans laisser d'adresse.

Et avançant encore :

— Pas même faire l'amour... Baiser...

Il ne répondait pas... Sans aucun abandon elle appliqua son front contre lui et ajouta d'un air buté, comme distrait :

— Bon. Viens.

Il ne bougeait pas. Elle écarta la chemise blanche et, comme il restait toujours immobile, elle abaissa encore son front et insista, mais d'une voix soudaine d'enfance :

— Viens... Ça fait rien...

Elle lui dit même, à la fin :

— Faut pas te croire obligé... mais j'aimerais...

Elle fut nue la première, simple parmi ses vêtements en allés — sans qu'il sût trop comment, car il lui avait semblé qu'elle gardait son front ou ses lèvres sur sa poitrine, ou du moins que toujours elle adhérait à lui... Elle lui prit la main et l'entraîna vers le lit d'un air de solliciter, lui disant « puisque tu t'en vas après dîner... », et comme il avait un geste pour aller fermer les persiennes, elle ajouta : « Non... Nous ne ferons pas de bruit, c'est pas la peine... Le tout, c'est que tu m'aies, puisque tu l'attendais depuis Pâques... » Elle était entrouverte et murmurait très bas : « Moi aussi, tu sais... J'ai fait la conne pour un peu de

nouveauté... Je pouvais pas redevenir vierge... »
et Jean-Marc vint en elle, sans une seule
caresse, comme si ces mois d'attente et de jeu
leur en avaient tenu lieu. Il s'abîma, immobile.
Et quoique Patricia fût étrangement inexperte,
ou que la passion la fît d'abord passive, comme
perdue, malgré cela ou pour cela même, au
début, ce fut merveille et silence... Mais comme
il s'enfonçait encore et remuait malgré lui,
malgré elle, bientôt il lui tira des soupirs, puis
des râles, moins précieux que le silence premier, qu'il choisit de rythmer, qu'il sut amplifier, mais au sommet desquels il venait à
Patricia, parfois, des paroles d'une folie enfantine :

— On partira, pas vrai ?.. On les quittera
tous ?... Tu veux ?... Dis-moi que tu veux !... On
les plaque !...

Il ne donnait pas, il ne pouvait pas donner
de réponse... Et de toute façon il tenait trop la
femme pour satisfaire à des mots de petite
fille, occupé à chercher sans doute le pur cri
qui marque la fin, et que tout finît dans un
abîme classique — au mieux qu'elle s'en sou-
vînt, si possible... Mais pour l'heure cela tendait
à s'éterniser dans les mouvements et les phrases : « Moi les miens ! Toi les tiens », disait-elle
encore, incorrigible, inlassable, et elle lui grif-
fait les reins et les épaules pour obtenir un
serment, et il touchait en elle au spasme qui

noierait enfin la parole quand il se sentit faiblir
et diminuer dans ses flancs — ou du moins il
le crut, et se rassurait aussitôt, car les râles
de Patricia montaient encore à mesure qu'elle
réitérait ses demandes, ce qui n'était possible
que s'il restait le maître, le maître de sa musique physique et autre, et dès lors qu'impor-
taient ces rêves de fuite, effets de rythme ?...
Mais non, il était sûr qu'il s'anéantissait...
Fallait-il dire oui à ces puérilités pour redevenir un homme ? Il la pressait, elle divaguait
de plaisir, encore, et de prières, toujours les
mêmes, elle se soulevait, lui semblait-il, enfin...
Mais peut-être pour compenser son absence,
pour le chercher... À moins qu'il n'eût perdu le
sentiment de sa force, mais non la force, la
vraie, l'animale, celle du monde, celle qui fait
tout le bien... Non, rien, plus rien, plus de
sexe, une ombre... Ou alors une vie indépen-
dante, de monstre... Mais lui, mais lui-même ?...
Dieu de tempête ou déjà débris de naufrage ?
Alcyon suspendu planant sur l'Océan qu'il en-
rage ou voile pantelante au lâcher des filins ?...
Il n'osait plus savoir, il ne savait plus rien,
quand il reçut un choc dans les reins, peut-être
entre les épaules, infiniment plus dur et même
corporel que tous les ongles implantés de cette
gosse... Un choc, mais inconnu... Il crut mourir
et pas seulement de honte, la honte et les
choses étant devenues lointaines... Son buste

et son visage se dressaient à l'extrême, et
après un instant où elle crut avec rage et haine
à un spasme solitaire, ou à une feinte, elle prit
peur de voir ses yeux s'agrandir encore, et
s'éteindre... Il retombait hors d'elle, d'un coup,
comme on s'abat, et le pire c'était qu'elle savait
déjà que cette perte de force et de connaissance
n'était pas l'insulte ordinaire des impuissants,
ni une défaillance ou syncope d'aucune sorte :
il n'était écrasé que d'un sommeil pesant...

Il l'avait refusée, il vivait, plus qu'avant...
Elle vérifia qu'il respirait, mais à peine : elle
en était sûre. Elle n'osa toucher sa paupière.
Elle lui dit, dans un éclair, dans un élan :

— Qu'as-tu ?... Tu voulais qu'on parte
avant ?... Oui, viens ! Je te ferai vivre !

En vain. Il était là, non seulement inerte,
mais calme. Elle renonça aux expédients du
délire. Un brin de vent, poussant le volet, fit
venir un peu de lumière sur le visage, pâle,
mais moins qu'avant, ou autrement qu'avant,
les traits si détendus et d'une beauté si dense,
comme investie du poids d'un univers éloigné,
si loin de la misère de cette face mouillée qui
tout à l'heure claquait des dents, comme si
tout était accompli en lui, sans elle : cette paix
d'un autre degré en était signe... Elle avança les
mains pour atteindre sa tête, la soulever, et
c'était une espèce inconnue de respect qui rendait ce geste impossible... Alors elle fut prise

d'un début de panique... Mais comme peu à
peu, par effet naturel, elle reprenait conscience
et goût d'elle-même, son air devint dur et sarcastique... Elle le haït. Sur le point de le frapper, elle s'enfuit...

*

Jean-Marc rouvrit les yeux dans la nuit. Il
était seul. Partout le silence. Il remua un peu
la tête, toucha son corps, qu'il sentit nu, sans
que cela parût éveiller sa mémoire. Ce qui
l'aida soudain, et paradoxalement, ce fut une
forme blanche flottant dans l'ombre au-dessus
de lui. Il reconnut la chemise blanche, accro-
chée à un cintre, pendue au lustre : dernière
dérision de Patrica, qui lui rappela le reste...

Il accusa le coup, longtemps encore immobile, puis s'assit lentement sur le bord du lit,
la tête dans les mains, oscillant un peu, et
bientôt, élevant à nouveau les yeux sur le blanc
fantôme de la chemise, il murmura très bas,
dans un tout petit rire :

— Pur ?...

Sa nuque tressaillait encore après le rire...
A vide ?... Mais bientôt, rappuyant sa tête dans
ses paumes, il dit, donnant réponse à l'interrogation :

— Bon.

Il était faible, mais sa respiration l'emplissait, de plus en plus vaste... Il n'était pas faible... Au dehors, sur la galerie de la terrasse-piscine — c'était bien là qu'il était — des pas s'approchaient, sans hâte. On frappa au volet de la chambre voisine. Il reconnut la voix de Thomas :

— Monsieur André.

— Oui.

— Le dîner est servi.

— Je travaille.

— Bien, monsieur André.

Encore cinq ou six pas. On frappait à son volet. Il resta silencieux, immobile, non sans mal, car le cœur lui battait, mais comme de trop de force à présent... On insista, mais par acquit de conscience... Bientôt les pas reprirent et commencèrent à s'éloigner... Alors, tout à coup, il se leva, sans trop savoir. D'un geste dans les airs et sans un seul regard il arracha la chemise blanche. Il bondit au-dehors sur la galerie d'arcades. Et contre une colonne ornée de lauriers roses, appuyé, puis debout, puis presque élancé sur place, d'une main arrangeant le tissu comme un pagne, l'autre tendue devant lui, il appela :

— Thomas !

Le jeune domestique se retourna, revint, s'arrêta, un peu effaré, à quelque distance. Alors, le doigt pointé au bout de son bras, Jean-Marc lui dit :

— Thomas, on est des camarades, ensemble, sur une plage, en bas de chez Brice. Tu viendras tous les jours.

— Oui. Pourquoi ?

— On te dira. C'est nouveau... En bref, pour que tu respires...

Et Thomas, aussitôt :

— Demain matin j'y serai.

Il s'éloigna. Jean-Marc s'étonnait encore de cet influx qui lui battait à présent les tempes. Mais il avait oublié André qui, alerté par les voix, s'avançait sur son seuil et lui demandait doucement :

— Tu veux quelque chose ?

Jean-Marc lui répondit d'un trait en se retournant :

— Va retrouver ton père et dis-lui ce qui se passe...

— Ici ?

— Ici et dans la société.

— Mais je ne sais pas trop, dit André...

— Ça te viendra.

Et André, reculant un peu, frappé :

— Demain, justement, je vois mon père...

— Vas-y tout de suite.

André y alla tout de suite.

Jean-Marc, après avoir remis son slip mouillé qui lui faisait froid au sexe, s'éloignait à son tour. Il respirait fort, malgré lui, et allait tout seul, comme si un vent le prenait fort à la

taille. Bientôt il murmura tout bas, entre rire
et pleurs :

— C'est con, le sacerdoce !

*

Il gagnait la sortie. Mais dans l'espace grand
ouvert de la porte il aperçut la silhouette de
Patricia, en grande tenue de nuit d'été, attendant. Presque aussitôt arrivait, en décapotable
grand sport, un play-boy qui l'embarquait. Il
entendit sa voix :

— Pousse-toi, je conduis !

— Tu as peur que j'aille trop vite ?

— Pas assez ! disait-elle.

— Où va-t-on ?

— Danser !

— Oh, encore ! gémit le cavalier motorisé.

Toutefois ils s'embrassèrent... Adossé à un
arbre, serrant un peu le tronc de ses deux
mains en arrière, Jean-Marc se dit, au prix d'un
effort :

— Bien... Bien... C'est mieux... Il fallait...

Il s'arrachait, hésitait à prendre la route
dont il recevait déjà les phares, et descendit
vers la mer en se dissimulant dans un bouquet
d'arbres, tout près du patio où l'on dînait. Il
vit et entendit. Carole riait, riait, et ses invités
en écho, mais ses yeux se fixaient sans cesse
tour à tour sur les trois chaises vides et les

trois couverts intacts, destinés à André, Patricia et lui-même. Elle riait de plus belle, quand tout d'un coup, en plein milieu d'une phrase, elle s'écroula et cria dans les sanglots :

— J'en ai assez ! J'en ai assez des grimaces ! J'ai trop lutté ! J'ai tout raté ! Je n'en peux plus !

On s'empressait. Un quinquagénaire vigoureux au front énergiquement dégarni, type d'amant sérieux pour toute la saison, celui qui l'avait évacuée du cimetière, lui disait dans un doux reproche :

— Mais quelles grimaces, Carole ?

— Tu as raison ! Je ne fais pas de grimaces ! Pour grimacer, il faut être vraie ! Je suis fausse ! Je suis une grimace moi-même !

— Vous, si spontanée !

— Laisse-moi ! Tu ne m'aimes pas ! Ni toi, ni toi, ni vous ! Je crève, je perds tout et personne ne m'aime !

Sanglots au paroxysme... Alors Rosier, qui n'avait rien dit jusque-là, se leva, et d'un ton de suavité grondante, presque tonnante, lui dit :

— Et qui aimez-vous ?

La question coupa les sanglots, et instaura autour de la table en désordre un long silence. Rosier le ponctua et l'aggrava d'une interjection, ainsi que d'un sursaut du menton si brusque et rude que ses lunettes en descendirent d'un cran :

— Alors ? dit-il...

Carole, un grand moment, peut-être une minute, faillit visiblement se fendre, s'ouvrir au fond. Il s'en fallut d'un rien que les sanglots secs ne devinssent larmes. On le sentit. Mais à la fin elle se reprit et, de nouveau tendue et mondaine :

— Je vous demande pardon, à tous... J'ai manqué de crânerie... Ce n'est pas le moment, il faut que je redouble...

— Mais non, mais non...

Elle se dressait, avec une idée subite :

— Chut ! On vend le domaine dans trois jours, mercredi ?... Eh bien, mardi soir, ce sera une grande fête ! Je le décide ! Romaine, comme les portiques et les colonnes ! Il y aura tout le monde ! Tous les gentils amis du cimetière, Tout-Paris !

On s'étonnait. Mais elle, avec une douceur surprenante :

— Jurez que vous viendrez ou je me tue cette nuit !

On jura. Le dîner reprit.

— Les paumés..., dit Jean-Marc, sans haine, en descendant seul dans l'ombre vers le rivage...

*

Il hésita avant de s'enfoncer dans la mer, mais ensuite il glissa en paix, longtemps, sur le flanc. Quand il prit enfin pied, il n'aurait pas voulu quitter l'eau...

Une ombre se détachait du tas des dormeurs de la plage et s'avançait dans le flot, comme à sa rencontre, mais sans le voir... C'était Luc. Jean-Marc lui dit, étonné :

— Tu te baignes ?

Luc bafouilla :

— Non... Enfin, oui...

Puis il avoua :

— J'allais venir te chercher...

— Tiens, pourquoi ? dit Jean-Marc.

D'un geste vague, Luc désigna la troupe endormie.

— Ils avaient peur que tu restes...

Jean-Marc sourit. Joie amère. Tous deux remontaient sur le rivage. Quand l'eau fut à ses hanches, Jean-Marc s'agenouilla pour l'avoir encore jusqu'aux épaules. « C'est bon, disait-il, c'est bon. » Il s'humectait même les joues, le front. Luc demanda :

— Pourquoi tu y mets pas la tête ?

— Mes yeux... Ils brûlent un peu...

— Tu veux bien ? dit Luc.

Debout, un peu au-dessus de lui, il prenait

l'eau dans le creux des mains et la répandait sur les cheveux de son camarade.

Quand ils abordèrent la plage, Jean-Marc dit à Luc, en reproche :

— Après tout, tu n'avais qu'à m'empêcher d'y aller...

Luc protesta :

— Tu vas pas me dire que je compte ?

— Ça va, maso. Dodo...

Ils s'installaient pour la nuit. Jean-Marc restait assis, le dos droit, tandis que Luc s'allongeait à ses côtés. Luc s'éveilla bientôt pour l'informer que Brice pouvait les conduire à la gare le lendemain, chercher le petit Daniel.

— Tu iras seul, dit Jean-Marc. Moi, je sors plus d'ici.

— Les flics ? demanda Luc.

Jean-Marc soupira :

— Si c'était qu'eux...

Puis, laissant tomber un sourire :

— Elle est bien, ta plage...

— C'est vrai ?

— Tu vois...

Luc fut comblé... Jean-Marc resta longtemps ainsi, assis droit, ou bien s'appuyant en arrière sur les paumes. Et Luc, dans son sommeil à l'ombre de Jean-Marc, se retournait assez souvent d'un flanc sur l'autre, murmurant, sans se réveiller le moins du monde, d'un air surpris et parfois même un peu béat, comme s'il n'en revenait pas :

— Je dors...

*

Un peu de vent vint du large. Un peu de pluie, qui avait longtemps marché sur la mer, passa. Jean-Marc fut étonné de sentir derrière lui, vers le haut, des lueurs comme de flammes...

C'était Brice... Ne pouvant rester immobile dans sa chambre et ne voulant entrer dans celle de Denise, il allait, depuis le début de la nuit, seul, dans sa pinède, pour admettre, accueillir, égaler peut-être sa vie nouvelle, et il avait profité du passage de l'averse, de l'eau qui protégerait les arbres, pour brûler ce bateau qui l'avait longtemps occupé...

*

Plus loin, sur la longue plage côtière à présent déserte, André, silhouette incertaine, rôdait à quelques pas de l'établissement où logeait son père, étant venu le trouver, mais, une fois là, n'osant plus, et ne pouvant savoir que la seule fenêtre où luisait une lumière était celle du colonel, qui s'appliquait à lui écrire une lettre... La lampe s'éteignit tard...

Telle fut la première nuit...

DEUXIÈME JOURNÉE

La voiture de Brice — Denise à côté de lui, Luc à l'arrière — s'arrêtait devant le bistrot *Hydra*. Luc s'élança vers le bar où José somnolait un peu, malgré les appels de la clientèle. Visiblement il sortait de sieste.

— Le colonel Vannier, s'il vous plaît ?

— Il n'est pas là.

— Il rentre quand ?

— Il va pas tarder. Il doit partir pour Paris. Vous êtes son fils ?

— Non, mais je le connais, dit Luc. Pourquoi ?

— Parce que j'ai une lettre...

De fait, au fond du bar, debout contre une bouteille, une enveloppe portait en gros caractères le nom et l'adresse d'André. Emilio survenait, secouant José :

— Non mais, tu dors debout ! Son fils, tu l'as vu hier ! Et il vient de passer le prendre !

Luc s'éclipsa. Emilio grondait encore, indigné :

— Son fils ! Tu vois son fils avec cette dégaine ?

— C'est qu'on sait plus ! répondit José philosophe.

Et s'éveillant un peu :

— Mais alors, c'est curieux...

— Quoi ? dit Emilio, commençant la plonge.

— Son fils le mène à la gare et il lui laisse une lettre ici ?

— C'est peut-être curieux, mais c'est pas compliqué ! dit Emilio péremptoire.

José le regarda, hébété. Emilio, comme au temps où il s'expliquait par gestes avec l'indigène, pointa l'index sur sa tempe. José refit le même geste en tournant le doigt, d'un air interrogateur, comme pour demander si le colonel était dingue. Emilio, écœuré par tant d'abrutissement, refit son geste, mais cette fois l'index appuyait sur une gâchette imaginaire.

— Ah ? fit José, au fond pas tellement surpris.

— Ben oui, dit Emilio, replongeant ses mains dans l'eau, où il fit s'entrechoquer des cuillères... Plus rien à foutre dans ce bobinard d'hexagone...

— On n'y peut rien ?

— Tu rigoles ! dit Emilio.

Et il ajouta, dans un geste vague qui fit
jaillir quelques gouttes :

— Bah, il aurait dû y passer cent fois, là-
bas.

— Au feu, c'était mieux, dit José.

— Inch Allah, conclut Emilio avec l'accent
d'origine.

*

Le remuement de la place de la gare battait
son plein à cette heure : baigneurs, voyageurs,
consommateurs, vie locale, réouverture des
magasins, embouteillages, travaux d'édifica-
tion des immeubles et d'élimination du terre-
plein ovale, aux trois platanes : sueur sur toute
l'échelle sociale...

André rangea sa 2 CV contre un grand snack
à terrasse. Le colonel prit sa cantine, et comme
André apportait son aide :

— Laisse donc ! dit-il soudain avec un peu
plus de force qu'il n'était nécessaire à son
autorité.

Puis, plus serein :

— Installe-toi, j'enregistre ! Tiens, garde la
table !

C'était la seule qui fût libre. André s'assit et
regarda le colonel traverser la place, sans hâte,
portant sa cantine d'un bras... Par ce geste, il
semblait prendre en main ses affaires et André

fut un peu troublé. Il commanda un café avec
un grand verre d'eau, qu'il but d'abord. Le
colonel, à son retour, prit un whisky double.

— Et c'est rare ! dit-il avec cordialité, peut-
être pour suggérer gauchement que c'était
fête.

— Je ne disais rien, dit André, pensant que
son père venait de prévenir un soupçon ou un
reproche d'alcoolisme... Après tout, ils ne se
connaissaient pas...

Ils se turent.

— Où est-ce que tu loges à Paris ? demanda
Vannier.

— Chez ma mère.

— Et... tu y manges aussi ?

— Oh, je visite le frigidaire, à mes heures...

— Tu sors ?

— Très peu.

— Ah...

Le colonel avait presque soupiré : cherchait-
il encore des occasions de rencontre, ou bien
éprouvait-il la déception impartiale d'un ancien
bon vivant, ou d'un homme réglé ? André
ajoutait :

— Je vais nager...

Le colonel sursauta :

— Tu pars déjà ?

André rectifia avec empressement, forçant la
voix, car la foule pédestre et automobile était
bruyante :

— Non, je veux dire : à Paris aussi je nage,
je vais à la piscine...

— Champion ?

— Oh, le cœur ne suivrait pas, dit André.

Et sur un regard de son père :

— Rien de grave... Non, je vais lentement,
longtemps... C'est l'eau que j'aime...

— Comme ta mère.

— Tiens, oui...

Bientôt, dans un silence, le colonel tira de
sa poche une grosse liasse de billets. André
crut qu'il voulait payer les verres et demanda :

— Il faut y aller ? C'est l'heure ?

Mais le colonel lui fourrait la liasse dans la
main :

— Tiens, prends ça !

— Mais...

— Mais quoi ? Ce n'est rien. Enfin, pas
grand-chose... Ils m'ont réintégré avec six ans
de rappel de solde... et tableau d'avancement !
et courbettes ! Dans dix ans, j'étais chef d'état-
major général, à ce train-là !

— Tu étais ?

— Je suis ! Je suis ! Je serai !... Je sens ger-
mer les étoiles !

Il enchaîna, regardant un pan de mer au
bout d'une rue :

— Des gars qui étaient quand même des
gars autrefois... Qui ont peut-être débarqué

ici... Faut pas vieillir... Entre vieux cons, c'est pas drôle...

Et comme André retirait encore sa main, d'un geste sans réplique il enfonça la liasse dans la pochette de sa chemise.

— Prends, je te dis ! Et garde ! Ce serait une goutte d'eau dans le gouffre de ta mère. Toi, ça t'aidera.

André objecta encore :

— Tu sais, on m'offre des tas de situations à la rentrée. Dans les cinq ou six cent mille.

Et il eut l'air de se repentir aussitôt d'avoir souligné l'inutilité du don, mais son père était devenu presque allègre :

— Foutre ! C'est beau la science ! Eh bien, pour ce qui te concerne, je pars tranquille... Et mon fric te fera un début de maison !

Il s'adossa, respira, regarda un peu les passants, la foule.

— Ça fait longtemps que j'avais pas vu tant de monde... Et un drôle d'air avec ça, mais ça se peut qu'on s'y fasse...

— Quel air ?

— De n'avoir pas d'air...

— De manquer d'air ?

— Oui, également.

Puis s'étirant un peu, avisant les grues, les bulldozers, les dynamos et les fenêtres aveugles des immeubles en chantier qui bouchaient la moitié du paysage, il eut un long soupir auquel il sut donner en chemin un ton amusé.

— Et on construit !... Bon, faut s'en aller, dit-il.

André se levait aussi. Mais Vannier, décidément plein de gouaille :

— Pas question ! J'aime pas les quais de gare ! Tu payes *les consommations qui nous consomment* et tu rentres !

Il s'en alla. André s'attarda, pensif, surtout quand il entendit et vit arriver le train de son père... Pourquoi ce rappel de la banderole de Miette ?... Bientôt, comme des gens avaient l'air de guigner sa table, il prit machinalement un billet de banque dans sa pochette. Un autre papier, long, très étroit, sans doute pris dans la liasse, vint avec le billet, tomba. André le ramassa par terre et, sur le point de le ranger, regarda : c'était apparemment le ticket de bagages accompagnés. Mais en examinant de plus près, il lut : *Consigne.*

Il resta immobile, intrigué, interdit, un long moment... Mais tout à coup il dut comprendre ou deviner que Vannier lui avait tout donné, que ce ticket glissé à dessein dans la liasse était un complément d'héritage, car il regarda l'heure et prit les jambes à son cou, renversant des chaises, une table... On protestait, le garçon criait, il lui lança : « On revient ! » En pleine course il hésita un bref instant sur la direction, ce qui le fit chanceler, repartit, fonçant d'abord du côté « bagages », et reconnut aussitôt la cantine... Le train partait... Non, c'était un Paris-Vintimille qui entrait en gare...

— Pardon, dit-il haletant à l'employé, ça, c'est en consigne ?

— Ben oui !

— Mais alors, insista-t-il, un peu bête, ça ne part pas ?

L'employé ricanait mécaniquement :

— La consigne c'est la consigne ! Avant l'heure ce n'est pas l'heure ! Après l'heure...

André avait déjà bondi sur le quai par une porte interdite, bousculant au passage Luc qui scrutait déjà les voyageurs venus de Paris et lui glapissait après, parlant d'une lettre... Il traversa le train, passa dans l'autre en partance, le bon, sauta sur le quai, courut, remonta dans le premier wagon de premières et trouva son père après deux ou trois couloirs...

Assis au fond d'un compartiment désert, contre la fenêtre, sa serviette posée sur le siège voisin, Vannier venait d'ouvrir un paquet de cigarettes et allumait la première.

— Tiens, dit-il.

André s'efforçait bien de dissimuler son halètement, mais il portait malgré lui sa main vers le cœur. Il dit, avec des temps de reprise de souffle qu'on pouvait imputer à la timidité :

— Ce n'est rien... un détail... idiot... J'oubliais...

— Assieds-toi. On a deux minutes. Je
t'écoute...

Le colonel avait coupé la flamme de son
briquet, mais restait la main en suspens. André
n'osait pas aller jusqu'en face de son père, au
troisième siège. Il s'assit sur l'extrême bord
du second, lui parlant de biais. C'était mieux
peut-être, Vannier pouvant lâcher son regard
devant soi sans rien rencontrer, cependant que
son fils, installé sans aise, avait la poitrine et
les mains en avant, offertes...

— C'est... matériel, dit André. Je t'ai dit
qu'on me proposait des jobs à cinq-six cent
mille...

— Oui. Tu exagérais ?

— Non, mais... j'ai tout refusé... Chaque fois,
au moment de signer, j'ai...

Il cherchait le mot. On entendait : « *Mes-
sieurs les voyageurs pour Paris...* » Il accéléra :

— J'ai vu ma vie... Toute ma vie dans l'in-
dustrie... Ça n'allait pas... Il fallait d'abord que
je réfléchisse... à tout... et que j'en prenne le
temps... Peut-être deux ou trois ans...

Il expliquait au colonel sourcilleux :

— De la philo, quoi... Je sais bien que c'est
du luxe... Mais si tu voulais me nourrir... me
loger, peut-être... tout ce temps-là...

Le colonel avait encore allumé, puis coupé
la flamme. André enchaînait avec une précipitation puérile :

— C'est vrai, tu sais... J'ai demandé un poste de pion dans quelques lycées, pour vivre, mais ça n'a pas marché... J'ai les lettres, dans ma chambre...

Le colonel lui objecta d'un ton voilé, les yeux pâles :

— Maintenant tu as l'argent... Plus besoin de personne...

André, complètement coincé, bafouillait :

— Oui, oui... bien sûr...

Et comme la porte du wagon se refermait, avec son bruit lourd et mat, il dit, à tout hasard, à toute extrémité :

— Mais peu à peu, c'est peut-être mieux... Tu ne crois pas ?...

Alors le colonel, après un silence, tête basse, remit son briquet dans sa poche et rangea même sa cigarette avec soin, non sans peine, dans le paquet presque intact où sa place n'était déjà plus marquée. Il grommelait, tout en s'affairant :

— Bon... Mais alors, qu'est-ce qu'on fout là ?

André se levait à demi, encore un peu incrédule, et demandait dans un souffle :

— Je prends la sacoche ?

Vannier, qui n'avait pas achevé ses rangements et abaissait de plus en plus le visage, lui dit :

— Passe devant.

Ils sortirent. Dans le couloir, sentant qu'il

avait pris de l'avance, André faillit se retourner. Mais son père lui dit d'une voix assez
rude, avec un double geste impérieux de sa
main lancée devant lui :

— J'arrive ! j'arrive !

On eût dit que ce geste tapotait à distance
le bord du visage d'André, qui se redressa : il
ne regarda plus en arrière...

Le fils descendit du train au moment où il
s'ébranlait, puis attendit. Rien ne vint. Quelques instants passèrent où le convoi s'éloigna,
prenant pas mal de vitesse. André blêmit et
sembla paralysé de panique...

Mais peu après, à trente ou quarante mètres
de là, le colonel, de dos, fit le saut, quelque
peu penché à contre-marche, atterrit bien, se
rétablit en quelques pas, peut-être plus nombreux et prolongés qu'il n'était utile, et encore
ne se retourna pas tout de suite vers André,
qui le voyait là...

*

Le Paris-Vintimille, qui était parti un instant
plus tôt, avait déjà bien accéléré. Ce fut à corps
perdu que s'en précipita un jeune homme, un
gamin, un gosse, un bébé. Il fut projeté, ca-
briola, si souple que son seul bagage, une bouteille de limonade, roula, moussa, mais ne rompit point. D'un bond il se relevait, d'un autre il

rattrapait au vol sa bouteille, et soudain, affolé, ébouriffé, adorable, cognant et renversant voyageurs, employés, sautant, rebondissant, dérapant sur les diables, il se rua comme un cabri vers la sortie, saccades et bouillonnements de la limonade au bout de son bras balancé faisant piston et turbine jusqu'à ce qu'elle explosât sur l'uniforme du contrôleur tandis qu'il continuait au-delà ses caracolades, vers Luc, lequel était en train de battre en retraite mais répondait enfin à l'appel de son nom en levant des bras exaspérés...

— Luc! Luc!... Salut, c'est moi!

— Hé là, hé là, le p'tit môme! criait le contrôleur inondé.

— C'est marrant! Je m'étais endormi dans le filet!

— Hé là, hé là! Par ici!

— Et Jean-Marc?

— Et d'abord votre billet!

— Ah oui, voilà!... Et pourquoi il est pas là, Jean-Marc?

— Hep! Hep!

Le contrôleur l'appelait encore. Il dit à Luc:

— Mais qu'est-ce qu'il a celui-là? Il me cherche!

— Votre retour! Vous n'en voulez pas?

— Mais il est chiant!

— Connard, dit Luc, tu reviendras bien un jour!

— Ah oui, ça, c'est vrai !

Il tendait la main. Mais le contrôleur à présent examinait le permis.

— Et puis vous n'avez pas daté ! pas signé !

— Oh, merde ! Jean-Marc m'avait dit, j'ai oublié !

— Vous avez vos papiers ?

— Non, mais... pourquoi ?

— Les permis sont personnels.

Un homme s'approchait, montrait discrètement au contrôleur une plaque de police et lui prenait la carte d'identité de Daniel. Deux autres, un peu plus loin, semblaient suivre l'affaire. Luc, en deux regards intenses, adjura Daniel de se taire et implora André, qui passait le contrôle avec Vannier, de rester là, ou par là. André présenta Luc à son père et Luc, pour impressionner le flic, claqua des talons et s'écria d'une voix vibrante et virile où affleurait le tremblotement du fou rire :

— Mes respects, mon colonel !

« *Profession : apprenti pâtissier.*

« *Domicile : Flins...* »

Ce « Flins » parut intéresser l'inspecteur, qui demanda à Daniel :

— Et où vas-tu sur la Côte ?

— Me balader, tiens !

— Ta résidence ?

— Ma quoi ?

— Où tu vas loger ?

Luc pâlissait. André intervint :

— Chez ma mère.

Il donnait le nom et l'adresse. Le flic, mi-figue mi-raisin :

— On connaît bien madame votre mère et ses invités. C'est un invité de marque ?

— Il vient pour aider à la cuisine.

— Eh bien, on viendra voir si tu es bien installé, dit l'inspecteur à Daniel avec une cordialité pesante... A un de ces jours, mon gars !

— Quand ? dit Daniel.

— Peut-être demain ! dit le flic, presque sur un air de romance.

Les groupes se séparèrent. André, délicieux de délicatesse, dit à l'oreille de Luc :

— Pardon pour la cuisine !

— Génial ! Bravo ! Merci !

Mais Daniel, comme Luc l'entraînait avec une hâte manifeste vers la voiture de Brice, avait des démangeaisons à l'honneur et, désignant André :

— Cuisinier ! Non mais... je suis pâtissier, moi ! Qui c'est, ce plouck ?

— Un gars qui nous a tirés de la merde !

— Et Jean-Marc ?

— Il t'attend ! cria Luc, excédé. Tu as eu du pot qu'il n'était pas là ! Qu'est-ce que tu dérouillais !

— Tu lui dis pas, hein ?

— Va ! Va !...

Luc le poussait, le catapultait vers la voiture ; il revenait comme sous l'effet d'un élastique. Tout en lui sautillait et se bousculait : ses yeux n'étaient pas seulement à l'aguet mais à l'assaut...

— Et pourquoi on l'a pas tabassé, le flic ?

— Ils étaient trois, tu as pas vu ?

— Et alors ? C'est les bains de mer qui vous dégonflent ?

— Et ta bibine en bouteille, c'est du Molotov déguisé ?

— On les avait ! Le père au plouck, c'est une armoire !

— C'est pas ses opinions !

— Et comme ça, tu lui causes !

— Et toi, tu nous les casses ! Entre !

— Ah ! c'est bath, les vacances ! Si y avait pas Jean-Marc qui m'attend !

Luc l'enfourna de force dans la voiture de Brice, ramassa sur le sol le billet de retour qui voletait, et conclut, pour lui seul, les yeux au ciel, son corps crapaudin tassé d'un accablement cosmique :

— Manquait que toi !

*

Ils partirent. D'un coup, en plein virage, la mer apparut, éclata. Daniel eut un recul, un élan, écrasa son nez à la vitre et dit quelque

chose tout bas — peut-être tout simplement
« Hé ben... », ou « Oh, merde... » — deux ou
trois fois de suite, sur place, et un instant
plus tard, s'écartant un peu de la glace, il
essuya, mine de rien, du bout des doigts, quelques gouttes. Il avait fondu en larmes. Ainsi
tout jaillissait en lui, même cela. Plus calme, il
dit à Luc, sur la mer toujours là :

— Vachement mieux qu'au ciné !

Brice, pendant ce temps, et même un peu
ensuite, ne cessait d'ajuster le rétroviseur avec
soin — avec souci, même — sans doute pour
attraper Daniel qui bougeait sans cesse. Denise
se retourna et observa :

— Rien derrière.

Brice lâcha le pied et rétrograda de vitesse,
pour faire plus de bruit et lui confier tout bas :

— Je connais ce gars-là... Je l'ai déjà vu, je
sais pas où...

— Mais non, dit-elle... C'est le genre de gosse
qu'on croit avoir vu déjà...

— Joli, joli ! dit-il, un peu sec.

Et elle, toujours plaisante :

— Je deviendrais littéraire ?

Il désarma... Dès l'arrivée Daniel se précipita, sautant d'un roc à l'autre de ses jambes
trop longues, perdant deux ou trois fois le
sentier, tandis que Luc poussif renonçait à lui
signaler les risques et que Brice le regardait
de la terrasse, de plus en plus intrigué...

Il donnait le vertige. Une dernière divagation
de sa joie le porta sur une falaise à pic, haute
d'une dizaine de mètres, d'où il vit tout à coup
Jean-Marc qui nageait en bas. Il ouvrit grand
la bouche pour un cri qui ne sortit pas, leva
les bras, oscilla... Jean-Marc, d'abord frappé de
joie, lui aussi, finit par lui crier, à la blague :

— Plonge !

Il plongea, bras ouverts, jambes écartées, fit
un gros plouf, fut plutôt long à remonter,
reparut, agitant les bras, paraissant rire, se
renfonça, et ainsi de suite...

— Bravo ! disait Jean-Marc.

Mais à la troisième fois on entendit, venu
des hauteurs, un long hurlement de Brice :

— Bande de cons, il se noie !

C'était exact. On accourut de toutes parts.
Thomas, qui enseignait la géométrie sur le
sable humide, bondit dans le youyou qui l'avait
amené. On tira Daniel sur la plage, hébété,
dégorgeant, hoquetant, riant encore. Jean-Marc
le secouait, un peu bête, comme pour s'assurer
de sa vie, qui éclatait...

— Qu'est-ce qui t'a pris ?

— Ben, rien !

— Quoi, rien ?

— Je sais pas nager, moi !

— Mais pourquoi tu as plongé ?

— Tu m'as dit : « Plonge » !

C'était une évidence. Les uns l'avaient mis

tout nu. Les autres lui fouillaient les poches : évidemment pas d'argent ; la carte d'identité sécherait ; le billet de retour, que Luc avait eu l'étrange inspiration de lui rendre, était une bouillie. On informa Jean-Marc, qui répondit :

— M'en fous. Il est là.

Daniel avait toujours l'air de trouver ça épatant, mais bientôt une idée, un soupçon l'effleurèrent. Il dit :

— Quand on se noie, c'est comme ça ?

— Ben, tiens !

— Alors... je me noyais ?

Comme on lui confirmait sa découverte, il se mit à claquer des dents, à trembler de tous ses membres. Cette fois il tournait de l'œil. Jean-Marc le gifla, et lui dit :

— A l'eau !

— Hein ? Quoi ?

— A l'eau ! Tout de suite !

Et il l'y traîna, malgré ses cris.

— Tu nageras dans une heure ! Laisse pas venir la trouille !

Et, très sourd et neutre, pour ne pas être trop tendre :

— Ça t'irait pas...

— Bon ! dit Daniel. Avec toi !

— Avec tous ! dit Jean-Marc.

Mais il s'en occupa lui-même et ne l'abandonna que lorsque Luc lui fit signe, en vue d'un aparté urgent.

— Je reviens, lui dit-il. Mathieu, tu prends la tête et Josiane le ventre !... Non, l'inverse !... Non !... Bon, démerdez-vous !...

Mais Daniel s'insurgeait :

— Oh, dis, ça suffit, j'ai faim ! On la saute pas trop, ici ?

— Allez, allez ! dit Jean-Marc. Cinq minutes !

Ils furent bientôt tous à s'occuper de Daniel, surtout les filles... On discutait, on se battait sur l'animal pour savoir si crawl, brasse, indienne... On le tournait en tous sens, tel un communiqué à la presse... A la fin, il leur dit : « En attendant, je vais me coucher ! » — comme il disait parfois dans les délibérations de Fac, les soirs sans émeute — et il se retrouva faisant la planche tout seul, sans peine, les yeux rien que dans le bleu, et à la fois ravi et quelque peu complexé de cet exploit individuel, sans doute voulut-il l'abolir et le consacrer dans la fête, car renversant à fond le visage en arrière, il s'écria, le regard au ras de l'eau, comme on dit « coucou ! » :

— Jean-Marc ! Jean-Marc ! Je te vois !

Mais Jean-Marc, finissant de parler avec Luc, se précipita, l'empoigna et, le secouant avec rage :

— Et moi je t'ai assez vu !

— Non, mais tu es dingue ?

— Tu auras jamais fini de nous foutre dans

la chiasse ! Trois fois je t'ai fait jurer de le signer, ce permis !

— Donneur ! cria Daniel à Luc.

Et à Jean-Marc :

— Mais c'est arrangé ! Il t'a pas dit ? On m'a traité de marmiton et de loufiat, mais j'ai écrasé !

— Tu parles ! Ils vont là-bas, ils interrogent André, André est bien forcé de donner Luc, et les voilà, et ils rappliquent, ils « plongent » !

Il désignait le cirque des hauteurs avec une douleur sarcastique, et repartait de plus belle :

— La semaine dernière, on a fait Carpentras ! Hier on a fait un coup qui vaut six mois sans sursis ! Tu es pas là depuis une heure et tu as tout fliqué ! C'est tout toi !

— J'ai oublié, quoi ! Quand on oublie on fait pas exprès ! Et puis le mec André, comme tu dis, c'est un plouck !

— Et moi un con ! dit Jean-Marc avec fureur et emphase... Un permis !... Comme si tu avais la gueule d'un journaliste !

— Propos de classe, dit un gars.

Et Daniel, vexé à mort :

— Dis donc, je suis quand même étudiant !

— Qui t'a dit ça ?

— Toi ! Tu m'as dit que tu m'inscrirais à Vincennes !

— Flins, ça va sur Nanterre !

— Tu m'as dit que j'habiterais avec toi !

— J'ai pas pu dire ça ! Denfert-Rochereau,
c'est Censier !

— Si ! tu l'as dit !... C'était pas vrai ?

Pur désespoir. Jean-Marc, pour lui changer
les idées :

— T'es quand même fort, mon gars ! En
moins de deux, c'est toi qui m'engueules !

— Ben, je vois les choses, moi !...

Ce fut le fou rire général. On répétait à
l'envi : « Il voit les choses !... Enfin un qui voit
les choses ! » Daniel prit part à la liesse dont
il était la vedette. Jean-Marc moins. Bientôt,
comme il prétendait couper court et demandait avec force : « Bon, qu'est-ce qu'on en
fait ? », un gars tonna soudain, vers Daniel,
l'accent gras : « On prrend des mesurres contre
le trraîtrre ! Quand il y va de la vie des trra-
vailleurs, toute négligence est un crrime », et
prenant deux filles aux fesses : « Des travail-
leurrs... et de leurs petites familles ! » Il imitait
à s'y méprendre le bourguignon secrétaire du
Parti Communiste Français. La joie redoubla.
Un autre fit Jacques Duclos, de Tarbes. En
rondes de terroir et danses du scalp autour de
Daniel toutes les chères provinces du Grand
Parti y passèrent.

— Tu es exclu du Bureau politique, camarade ! Motif : tu penses !

— Tu es renvoyé à la base !

— A l'unanimité ! à l'unanimité évidente !

— A l'unanimité plus une voix !

— La tienne !

— Tu iras vendre l'*Huma-Dimanche* devant Saint-Pierre du Gros-Caillou, pour te racheter !

— Ça va, dit Jean-Marc.

Ils se dégrisaient. Beaucoup se rassirent sur le sable.

— Oui, ça sent pas trop bon.

— Plutôt le roussi.

— Ça se resserre.

— On se taille ?

— Où ?... demanda l'un.

Après un bref silence un autre dit :

— Ensemble, c'est plus possible...

Et presque tous répondirent aussitôt :

— Alors on reste !

— D'accord ! On bouge plus !

— C'est vrai ? dit Daniel, ajoutant son cri du cœur aux autres.

Et il battait des mains et riait.

Assis, accroupi, agenouillé, toujours nu, le môme regardait à n'en plus finir la mer, le soleil, les pins à flanc de falaise, déjà doublés de leurs bouquets d'ombres sur la paroi, prenait du sable et le faisait couler entre ses doigts. « Tu as jamais fait des pâtés ? » lui demandait une fille, et il disait qu'il avait vu des photos de châteaux de plage. Thomas lui expliquait le principe du sablier, mesure du temps, et il demandait pourquoi faire. Jean-

Marc le regardait vivre — vivre... — et se
détournait, gorge sèche, lançant par contenance
quelques galets sur le récif de Rosier — absent. Ils s'y brisaient en éclats. Luc faisait
une boule du billet de retour inutilisable et le
renvoyait à la mer d'une pichenette...

Jean-Marc revint au milieu du cercle.

— Bon. Maintenant, écoutez.

— Qu'est-ce qu'y a encore ? dit le gosse.

— Si on reste ici ensemble, pour toi y' a pas
le choix. André a dit que tu allais là-bas, tu y
vas, tu attends le contrôle. Quand c'est fait,
tu reviens et ça va tout seul... Thomas, tu le
prends chez toi.

— D'ac ! dit Thomas. Avec mes vieux, ça ira.

— Pas con, dit un autre.

— Non ! cria Daniel, rauque, déjà dressé.

— Trois jours ! dit Jean-Marc.

— Des clous !

— Dans trois jours le domaine est vendu,
y' a plus de problème !

— Des nèfles !

Daniel reculait comme une petite bête. Mais
il était adossé à la mer.

— On te demande pas, dit Jean-Marc. C'est
comme ça.

Daniel recula dans l'eau :

— Je me noierai ! Je sais comment il faut
faire !

— Mais dès qu'ils sont venus...

— S'ils viennent, je les troue !... Et s'ils viennent pas ?

— Tu restes trois jours !

— Et ta sœur ?

Il bondit, feinta, esquiva deux camarades, saisit au vol son slip qui séchait et grimpa la pente à une allure irréelle. On lui courait après, sans trop d'espoir...

— Daniel ! appelait Jean-Marc. Daniel, ne déconne pas !

— J'suis fâché ! criait-il, amplifié par l'écho de la falaise.

Il montait en dansant de rocher en rocher. Un poursuivant prit plus court, faillit le rejoindre. Daniel saisit une grosse pierre, menaça.

— Ça commence bien ! dit Luc.

— Toi, ta gueule ! dit Jean-Marc.

Et il cria :

— Tu y resteras que la nuit ! Trois nuits, c'est pas une affaire ! Thomas t'amènera tous les après-midi !

Et à Thomas, bas, rapide :

— Fais dire par tes vieux qu'il travaille à mi-temps. Viens par la mer, jamais par la route...

Et à Daniel :

— Ça va ?

Daniel avait déjà laissé retomber sa pierre, qui roula quelque temps comme ses espoirs. Commençant à descendre, les bras un peu

écartés, comme s'il pensait maintenant à son
équilibre, plus gracieux que jamais dans cette
bouderie, il dit :

— Oh, je déplane...

Et peu après, d'un ton de revanche grondante :

— Le prochain coup, je paie mon billet !

Et dans un défi suprême :

— En première !

Superbe, il rejoignait les gars, mais ne les
regardait point, pour les punir. Ainsi aperçut-
il, en face, sur la plage de Jean-Baptiste Rosier,
les trois vierges qui s'amusaient au judo, de
manière à vrai dire spectaculaire, avec des
tours dans l'air qui pouvaient donner le fris-
son.

— Oh, c'est bath ! Ah, quel panard ! Oh là,
les oiselles !

Il s'étranglait d'extase en petits cris syn-
copés. Il avait déjà oublié toutes ses peines, il
franchissait la plage, il s'avançait dans l'eau
vers les vierges avec gestes et clameurs :

— Oh, oh ! Vous venez ? Allez, radinez ! On
veut apprendre !

Tollé des camarades et surtout des filles :

— T'es dingue ! c'est des bourgeoises !

— C'est les pucelles au vieux schnock !

— Un catho, un réac !

Mais Rosier venait d'apparaître en haut de
son promontoire et donnait sa bénédiction.

— Et puis ces trucs, dit l'un, c'est du bluff !

Plus bébé que jamais, mais bébé hautain, entendu, continuant d'avancer dans l'eau, Daniel leur balança par-dessus l'épaule, d'une voix forte :

— Ces trucs, vous en avez drôlement besoin ! J'sais c'que j'dis !

Il posait un pied devant l'autre, vainqueur des flots.

— Non mais, de quoi tu causes ? lui dit-on.

Et lui, d'un timbre à la fois déclamatoire et vachard :

— Du coin de la rue de l'Estrapade, par exemple ! Comme des rats que vous étiez faits ! Des rats qui passeraient pas par les trous !

Ils ne répondaient pas. Daniel poussant à fond son avance — il avait de l'eau jusqu'au cou — et son avantage, leur lança sur un ton de commisération claironnante, faisant encore la planche, tapant l'eau de ses mains et de ses pieds à plat :

— S'il y avait pas eu l'grand mec avec sa barre de mine en rafales ! Ah la la la la la la !

*

Brice, qui avait tout vu et un peu entendu, lourdement incliné à sa balustrade, reçut ces derniers mots comme un souffle d'obus : il se retrouva presque rejeté en arrière... Denise, qui

venait de ranger quelques achats et de se
changer, s'avançait, attendant sans doute une
parole, car elle avait revêtu cette chasuble
d'été, de teinte blanc ivoire, corail et gris
fumée, qu'il lui avait achetée la veille, et, ce
costume allant comme depuis toujours, visiblement elle était sans crainte, interprétant le
regard altéré de Brice comme s'il était atteint
autant qu'elle par cette justesse...

Mais ce regard devenait presque sauvage et
bientôt — pire encore — elle se rendit compte
qu'il ne lui était pas destiné. Elle demanda :
« Qu'y a-t-il ? » mais d'une si petite voix que
c'était absurde. Pourtant, alors qu'il ne la
voyait pas, ou à peine, il parut entendre. Il
s'avançait tout à coup à puissantes enjambées,
non vers elle, mais par son travers et plus
loin, et ce fut avec l'air de se raviser sombrement qu'il l'empoigna au passage — « au fait,
au fait », disait-il — et la tira vers la maison,
forçant le pas, cherchant peut-être à la faire
écrouler à terre, car malgré la souplesse de
son consentement instinctif, elle trébucha plu-
sieurs fois. Il la traînait.

— Allez, allez, allez, disait-il en entrant, la
cognant aux portes, aux parois.

Dans le couloir, entre les deux chambres, elle
profita du premier flottement de Brice pour lui
adresser un sourire et un murmure :

— J'ai un peu mal, lui dit-elle.

Mais lui, debout contre elle et regardant au-delà, il la poussait de toute sa masse écrasante vers sa chambre — à lui... La tunique avait déjà cédé à l'épaule, rien que par les paumes appesanties :

— Viens là et couche-toi ! Ça suffit ! Grouille !

Du visage, des yeux, elle désignait misérablement l'autre porte et, sur un ton navré qu'elle voulait plaisant, désarmant :

— Au moins que je vous invite ! dit-elle.

— Ça va, les manières ! Faut des choses ! Au plume !...

Il la jetait au lit, la couvrait, lui bloquait la tête par les cheveux, la troussait, décoinçait les jambes. Comme sous la chasuble elle était nue, il s'écria d'une voix grasse :

— Par exemple !

Et comme elle exhalait une plainte, ou un râle :

— Elle en voulait, la Madame !

Elle, dans une tentative désespérée de le faire rire, tandis qu'elle battait des flancs pour s'échapper :

— Mais je ne suis pas une affaire ! dit-elle, comme la veille...

Mais il lui répondait, en la manipulant : « Mouille donc et je fais le reste !... Allez, coule un peu en toi-même, comme le temps !... O la fontaine ! ô la rivière ! ô l'Océan !... O le plaisir que tu vas donner au monde !... Tu descendras leur apprendre, hein, sur la plage !... O la salope ! Elle est superbe ! Elle est sublime !... », et sur le même rythme, car il l'avait bien pénétrée, comme elle protestait encore et sans cesse : « Mais je vous aime ! », il opinait : « C'est ça, c'est ça ! c'est ça ! » à grandes poussées de sexe et bientôt, achevant d'arracher la chasuble et empoignant tour à tour ses seins et ses hanches, il criait, jubilant : « Mais y'en a ! mais y'en a ! Elle nous feintait, la secrétaire ! »

Clouée, le seul instant où elle rencontra son regard — qu'il écartait d'elle — elle cria :

— Tu as peur !

— Tu te crois dans ton magazine, connasse ! hurla-t-il, et il répétait en s'esclaffant : « *Tu as peur !*... Non mais des fois ! Madame la Commère de l'Ame ! » Mais elle persistait à dire qu'il avait peur et le pressait sur son cœur pour lui demander de quoi, et bientôt, se pliant au rythme des reins, faute de réponse, elle lui répétait :

— Je suis là... Je suis là...

Comme une berceuse !... Encore !... Elle rajustait ce viol à sa musique intérieure !...

Il cassa leur cadence, il la maintint suspendue, arquée, il l'affola quelques instants du désordre même, puis, par un enfoncement imprévu, subit, un seul où il jouait d'un coup le triomphe, il crut lui arracher un orgasme interminable, car en perdant conscience il fut noyé

de cris où le plaisir semblait s'inspirer à lui-
même de l'épouvante...

*

Etait-ce bien cela ?... Et du reste, à présent,
quelle importance ?... C'était fini... Une encore...
Comme les autres, et donc sans intérêt ni
suite... Ou révoltée de honte et déjà disparue...
Sans doute ces pensées passaient-elles en vents
lourds et en lueurs mortes dans ses yeux atter-
rés, fixés sans voir au plafond, car il finit par
murmurer, à voix presque haute :

— Trente-six heures...

— A peine...

Elle était donc là... toujours là... Gorgée ?
Béate ? Femelle ? Il aurait senti des gestes, les
traîneries attardées des jambes... Révélée,
frappée de la foudre ? Elle n'eût rien dit...
Aimante, encore ? Elle n'aurait pas répondu à
ce compte de clôture... Elle n'aurait pas parlé,
de ces lèvres, de cette haleine où depuis la
veille il avait espéré se fondre... Ça, trop tard...
Mais que faisait-elle encore ?... Il refermait les
paupières plutôt que de voir et d'apprendre...
Sa main put reconnaître, au bout d'un certain
temps, qu'elle touchait un tissu plus léger que
cette tunique, à présent en pièces... Sa robe
de la veille sans doute... Rhabillée, elle était
donc revenue... Pourquoi ?... Il attendit... Bien-

tôt elle confirmait, d'un soupir, d'une sorte
de mélodie navrée, où plus que dans les mots
il crut deviner la sentence :

— Elles furent brèves, ces fiançailles...

Mais peu après il crut percevoir un petit
rire, assez semblable à ceux de la veille, une
sorte de brise amusée qui lui fit du bien. Il
sentit ses cheveux au creux de son épaule. Elle
murmurait, à vrai dire nostalgique :

— Ça ne fait rien... Ça ne fait rien...

Elle le berçait à nouveau. Ce lit, où peu
avant il voulait s'écraser épars, peser de tous
ses viscères et s'abîmer de désastre, cette con-
solation l'y enlisait de mélancolie... Il tressaillit,
souleva la nuque, à peine... La vie lui revenait
un peu au long des vertèbres... Mais elle, indivisiblement enfantine et grave, elle demandait :

— Pourquoi ?...

Il entendait aussi, à nouveau, les cris de la
plage... Il rit en lui-même — comme s'il fallait
plus longtemps que cela pour faire un
homme ! — mais il devait éprouver encore
quelque épouvante profonde quand il gronda,
lui prenant tout à coup la tête à plein bras,
pour la garder :

— Les gars d'en bas, c'est pas des hippies,
c'est des émeutiers...

— Et après ? dit-elle.

— Depuis hier, je me fous de la terre entière...

— Eh bien ?

— Qu'elle vienne pas me chercher...

**

— Si vous l'aviez vu, le gars ! Une esso-
reuse, une turbine, une moulinette à poulets !
Il est sorti d'un porche... Remarquez, je le
voyais pas !

— Comment, tu le voyais pas ?

— Ben non !

— Alors quoi ? Tu racontes un cauchemar ?
Faut s'entendre ! disait Thomas...

— Mais laisse que je t'explique, bonhomme !
C'était l'extrême fin d'un copieux repas,
d'une bombance nocturne sur la petite terrasse au ras des flots, contre la maison, chez
Marthe et Honoré, parents de Thomas, bons
serviteurs de Carole, qui ne fêtaient point tant
l'arrivée de Daniel, malgré leur bienveillance
immédiate — il était irrésistible — que leur
propre accession à la propriété. Ils venaient de
signer l'acte. Honoré tapait sur le mur à grandes claques, comme sur une croupe de jument
poulinière ou de pute légitimée. Le clapotis
de l'eau s'orchestrait, à leurs pieds, du tinte-
ment des bouteilles vides entrechoquées,
Honoré les ayant balancées à la flotte en disant

d'un ton sentencieux, connaisseur de l'âme
humaine :

— On les comptera demain, hé ? Le remords
après, ça va ! Le remords pendant, c'est terri-
ble !

— Honoré, comment le sais-tu ? demandait
Marthe dans une lucidité d'ivresse, mais brève.

Le vin avait sur eux des effets contraires.
La bonne Marthe avait peur de tout, le brave
Honoré de rien : lui recevait les récits du Mai
de Daniel comme Iliade, elle Apocalypse...

— Tu voyais ou tu voyais pas ? répéta Thomas, schlass, mais scientifique.

— Connard, on avait foutu en l'air tous les
lampadaires ! on n'était éclairés que par une
ou deux bagnoles !

— Les phares ? demanda Marthe.

— C'est ça, les phares ! dit Daniel en se
marrant, cependant qu'Honoré rugissait de
joie d'avoir compris que les bagnoles brûlaient,
et criait à sa femme :

— Non, les veilleuses !

— Mais qu'est-ce qu'elles faisaient là avec
leurs phares ?

— Paris by-night ! hurla Honoré avec l'accent de Toulon. Continue, petit !

— Des bagnoles, et un Molotov par-ci par-
là...

— Un Molotov ? dit Marthe.

— Un escargot allumé ! Comme à la procession de Magnane ! Tu as fini d'interrompre ton invité ?

— Et puis j'y voyais pas parce que j'étais par terre, complètement sonné, farci de coups de matraque !

— O le pauvre, le pauvre ! s'écriait Marthe... Mais aussi qu'est-ce qu'il faisait là ? C'est des choses pour les hommes !

— Paix, la vieille ! Alors ?

— Alors qu'est-ce que j'entends tout à coup comme fracas de ferraille ! Crac ! crac ! crac ! crac ! crac ! crac ! Là-dessus je reçois un truc sur la gueule, qui me sonne un peu plus... Un casque de C.R.S. !... Bon pour le prochain coup, je me dis ! Je le prends des deux mains, je me l'enfonce... Mon crâne passe à travers ! dans chaque main la moitié !

— Du crâne ? dit Marthe en un cri d'horreur.

— Mais non, du casque !... Qu'est-ce qu'il a dû en foutre en marmelade, comme cervelles !

— Mais quand est-ce que tu l'as vu ? répétait Thomas.

— Ben là, tiens ! O quelle ombre !

— Bon ! Maintenant, c'est un spectre !

— Un spectre qui en faisait d'autres !

Marthe hoquetait, sanglotait : « Mon Dieu, mon Dieu, c'est pas possible ! » Honoré répétait : « C'est épatant, épatant ! Les flics, c'est comme ça qu'il faut se les faire ! De la charpie !

de la flaque ! » et il jetait la fin de son verre
de rouge à terre. « Moi, dit Daniel, je me drogue
pour pas leur sauter dessus ! Le jour où j'ai
une bagnole, c'est le massacre ! » Et Marthe
demandait, atterrée mais sans trop comprendre : « Il se drogue ? » Et Thomas, lénitif : « Il
prend des fortifiants. » Et Honoré, après avoir
compensé sa libation par une ingurgitation à
la régalade, repartait de plus belle en faisant
tournoyer un aviron : « Ah ! ah ! ah ! de la
bouillabaisse, la flicaille ! » Et Marthe entre ses
pleurs lui lançait à la face une plainte, un cri,
qu'il prit pour une accusation capitale :

— Mais enfin, Honoré, c'est pas tes idées !
Qu'est-ce qui te prend ?

Là, il y eut un grand moment. D'abord un
silence. Puis Honoré, plaquant ses deux mains
sur la table, de l'autre côté de Marthe, mais
arc-bouté, au point qu'ils étaient presque visage
à visage, lui dominant :

— Moi ?... Et tu me prenais pour qui,
femme ?

Commençant à se redresser :

— Pour un esclave, peut-être ?

Et se campant enfin, l'œil vitreux-clair, les
bras lentement croisés, dans la majesté d'une
révélation formidable, il dit, en détachant une
à une les syllabes :

— Je vote communiste depuis vingt-cinq
ans !...

Foudroyée, elle réagit, cria :

— C'est pas vrai, Honoré !

— Parfaitement, ma belle ! dit-il en pirouet-
tant.

Et reprenant aussitôt le mode héroïque :

— J'ai pas raté un seul scrutin de ce dernier
quart de siècle !...

Elle opposa, dans un cri du cœur :

— Mais tu es si bien avec les gendarmes !

— Ben quoi ! On n'est pas des bêtes sauvages ici ! Mais là-haut, à Paris, quand il faut, on
tue le roi ! Bravo, petit gars !... Ah, ce que je
leur en ai foutu, dans l'urne !

— Elections, trahison ! Elections, piège à
cons ! glapit Daniel, se ressouvenant de la doc-
trine.

— Hé, hé ! Sois quand même poli, jeune
garde ! N'oublie pas les conquêtes de tes aînés !

— Vive la machine à laver ! beugla Daniel,
mimant cet instrument en action, avec les saccades et le dégueulis de l'eau sale, tandis que
Marthe pleurait des fontaines :

— Toute ta vie, que tu m'as cachée !

Honoré bondissait :

— Ah ! c'est bien la peine de pas avoir de
maîtresses !

— Hé, quand on a deux vies, pourquoi pas
trois, Honoré ?

— Pas un seul vice ! Pas un seul péché mi-

gnon ! Pas même une petite exception innocente !

— Là, il en remet trop, dit Daniel à Thomas
en s'allongeant sur son dos.

Et il s'extasiait :

— Mais c'est extra chez toi ! Qu'est-ce qu'on
boit ! Qu'est-ce qu'on bouffe !

— Allez, à la tienne quand même, petit !
Front Uni ! dit Honoré.

— Mon Dieu ! Mon Dieu ! C'est la ruine !
gémissait Marthe.

— Franc comme l'or, que je suis ! bramait
le mari.

— Tu m'as jamais rien dit !

— Tu m'as jamais rien demandé !

Cette réponse avait de la pertinence.

— Mais Navale ! Navale ! C'est pas bon pour
Navale !

Daniel la consolait :

— Et l'*Aurora* ! Et le *Potemkine* !

Le vin venait de l'emporter sur Honoré. Il
devenait vague et péremptoire.

— La mer, c'est la mer ! Tu vas pas la rem-
blayer ! Chaque chose à sa place ! Chacun
chez soi !

Il s'appuyait à son mur, mais cette fois par
nécessité. Et comme un long souffle de vent
venait agiter les ombres :

— Tiens, le mistral qui rentre... Demain, il

va falloir arroser... arroser... J'en ai marre, de
vivre avec cette lance !...

Il méditait encore sur ce travail de Titan,
quand un timbre électrique violent retentit
dans la maison. Marthe se dressait :

— Madame !... Mon Dieu, Madame !...

— Des fleurs qu'elle ne verra plus ! disait
alors Honoré... Mais vas-y mou, la vieille ! Pourquoi tu t'affoles ?

Marthe désignait Daniel, les verres de vin,
tout.

— Mais qu'est-ce que je vais lui dire, à
Madame ?

Honoré rassembla ses forces en un dernier
bond, la prit par les épaules, et s'appuya sur
elles :

— Qu'est-ce que je vais lui dire ? Qu'est-ce
que je vais lui dire ? Mais ça va pas, non ?... Ça
la regarde ?... Tu la boucles, bon Dieu !... Qui
c'est, ici, le propriétaire ?... Ah ! je t'en fou-
trai, des festins d'émancipation ! Allez, va, va,
va ! Va la border !

Elle le lâcha. Il tangua, incident d'autant
plus regrettable qu'il cherchait une fois encore
à se statufier. Pourtant il y parvint, pendant
un bref laps de temps, où sa vie tout entière
parut lui remonter, au moins en son dernier
quart de siècle, mais dans une interrogation
imprévue et quelque peu pénible à la gloire :

— Alors, dit-il, tout ce temps-là, j'avais l'air de rien ?...

Il tomba. Les deux jeunes gens le couchè-rent...

*

Marthe, pendant ce temps, était assise-effon-drée sur la descente de lit de Carole, et à chaque sanglot son front tapotait le bord du lit ou les cuisses de sa maîtresse. « C'est affreux, c'est affreux ! disait-elle. Il n'a pas seize ans ! Il a l'air d'un petit ange ! » et Carole surexcitée se dressait presque d'entre les draps : « Mais non, voyons ! C'est merveilleux, merveilleux ! Il faut que je le connaisse ! Demain sans faute ! », et bientôt, lui rendant distraitement la paix sur un ton de grave et tendre reproche, lui caressant les cheveux, lui rajustant le chignon :

— Enfin, Marthe, vous oubliez que je suis de gauche !...

*
* *

Au milieu de la nuit Daniel se leva de son lit, enjamba la fenêtre de sa chambre, qui par bonheur se trouvait au rez-de-chaussée, car il était pris d'un trouble qui l'eût fait fuir de toute façon, comme en témoignait son œil fixe, un trouble très au-delà de la bonne gueule de bois. Au-dehors il fit quelques pas, mécaniques et incertains. Il parlait seul :

— Ça va pas... Ça va pas du tout... C'est l'angoisse...

Et arrivé à la plagette, se retournant vers la maison :

— En plus, c'est des révisos...

Il arracha la petite barque du sable et la fit glisser à l'eau, non sans tomber trois fois à genoux contre ses flancs. Les rames étaient au fond. Il réussit le geste de les accrocher aux tolets en un quart d'heure environ. Thomas, en l'amenant, avait voulu le faire ramer à sa place et aussitôt avait renoncé : ferait-il mieux la nuit que le jour ? Après quelques gifles à plat sur l'eau, les avirons y entrèrent. Mais ils ne ressortaient plus. Il habitua son poignet. Il répétait : « Soyons vachement méthodique ! » mais bientôt le mistral se chargea du youyou, qui décolla tout seul du rivage. En pleine action Daniel pensait encore, et réglait des comptes : « Des vieux cocos, des stals ! Des alliés objectifs des flics !... Et Jean-Marc qui me planque chez eux !... Petite tête !... »

Les avirons entrant et sortant presque à son gré, il commençait enfin à essayer de souquer. En avant, en arrière ? En tirant, en poussant ? Il dit : « Si ce n'est pas dans un sens, c'est dans l'autre. » Il découvrit aussi qu'en

ramant on ne peut voir où on va. Il dit : « C'est
con. » D'ailleurs on n'y voyait rien, sauf l'in-
quiétante lueur de la lune cachée par des
bancs de nuages que le mistral violentait. Mais
il ne comprenait pas non plus que, quand le
vent vient de terre, la mer est plate au bord et
de plus en plus agitée au large, et il s'en vexait :
« Y'a des vagues ou y'en a pas ! Qu'est-ce que
c'est que ce mistral à la noix ? »

Puis il se dit : « Où c'est, la plage aux
camarades ? » et, poursuivant son raisonne-
ment logique : « C'est sur la côte. Alors y'a
qu'à suivre la côte. » A vrai dire il y avait de
la côte à droite et à gauche. Il choisit un côté
d'après un souvenir, mais la mer était déjà
forte et la barque tendait à tourner sur elle-
même ; il tanguait, puis roulait. « Mais ça
bouge tout le temps ! Qu'est-ce que c'est que
ça ? » disait-il, en colère contre les flots, qu'il
tapa. Il commençait à ramer sans trop se
tromper de gestes, sauf quand il dansait à la
cime de la vague, car alors il avait tendance à
pousser du bras droit et à tirer du gauche,
geste plus rond et cosmique, mais dont le youyou pivotait comme une toupie. Il dérivait au
hasard, de plus en plus secoué. Quand il reçut
les premiers embruns sur la nuque, il crut qu'il
y avait quelqu'un derrière, puis il se rassura et
trouva ça amusant, ainsi que la grosse claque
du bois du bateau sur le plat de l'eau, juste

après. Lorsque dans un effort violent sur une crête il arracha par mégarde son aviron du tolet et le perdit à la mer, il dit : « On peut toujours marcher à cloche-pied », et s'acharna sur le survivant, mais il tournait tant et tant qu'il finit par s'en rendre compte aux lueurs lointaines de la route. Quand il s'avisa que certains longs rayons de lumière, éloignés, épars et intermittents, étaient finalement réguliers et provenaient d'une source unique, et que ce pouvait être ce qu'on appelait un phare, il se ressouvint aussi avoir lu, avoir même appris que les phares étaient faits pour éclairer le large et il trouva cet éclairage « minable », surtout pour la seconde moitié du vingtième siècle. « Quel bled ! » dit-il, sur le sommet d'un roulis. Un choc le renversa de son banc, les quatre fers en l'air, dans l'eau. Il se vit noyé puis il comprit que c'était le petit lac du fond de la barque. Il crut malin de se rétablir en appuyant ses deux mains sur les deux plats-bords et en balançant les reins, mais l'eau du fond amplifiait les oscillations à l'extrême et il embarquait des paquets qui à leur tour augmentaient le déséquilibre, qui confinait au vertige. Il s'avisa que le choc avait été celui d'un récif quand il en toucha un autre, puis un troisième. La barque n'allait pas assez vite pour s'y briser, mais les bruits sourds et caverneux l'affolèrent. Pourtant, son pied ayant

accroché un seau qui flottait au fond, il s'agenouilla pour écoper, mais dans le geste il
heurta et perdit l'autre aviron. Alors il se
douta que c'était plutôt grave. Il eut peur, il
eut froid, il choisit l'abandon. Il jeta le seau
lui aussi et resta comme il était, au fond de
la barque, sur les genoux, le front appuyé au
petit banc, sauf une fois, quand un rayon de
lune se faufila entre les nuages, inquiétant ses
paupières : levant un peu la tête il crut apercevoir un promontoire tout proche et même,
à mi-hauteur, une forme humaine, blanche.
Tout disparut d'un coup. Il se dit que c'était
une vision, tel un explorateur perdu dans
le désert quand la mort s'annonce, car il avait
lu aussi des choses sur ce sujet. Trois vagues
lui giflèrent et inondèrent la tête, le suffocant,
et emplirent la barque jusqu'au bordage, ou
presque. C'était la fin. Il y était prêt comme
une petite bête. Tout à l'heure il s'était à peine
retenu de pleurer de solitude, mais depuis très
longtemps il ne s'attendrissait plus sur ses
coups durs : pourquoi maintenant ? Pas davantage il ne voulait se noyer lui-même : il savait
qu'en ce cas on revoit toute sa vie et il n'avait
rien à revoir de vraiment marrant. Il avait
rappuyé son front sur le petit banc et restait
accroupi ou agenouillé selon les roulis, attendant une vague qui remplit tout à ras-bord et
l'ensevelit enfin — car il ignorait s'il n'était

pas déjà mort — ou bien le dernier choc des rochers sous-marins, celui qui ferait craquer l'enveloppe de cette barque... Quand il vint, formidable par la secousse et le bruit, Daniel cria, ou plutôt s'entendit crier, dans le vent, la nuit, cet appel sans aucune invocation de miracle ni attente de sauvetage :

— Jean-Marc !... Jean-Marc !...

et ainsi de suite...

La forme humaine à mi-hauteur du promontoire, vêtue de blanc, Patricia, eut un sourire aux nuances de triomphe. Bientôt elle redit à mi-voix, et du même ton, avec plus de distance et un peu de menace, la question qu'elle avait posée à Jean-Marc au seuil de sa chambre :

— Alors, tu es dans le coin ?...

Elle tenait la réponse.

TROISIÈME JOURNÉE

— Attention, Madame, ça glisse !

Carole était apparue dans sa splendeur esti-
vale — deux-pièces et sortie de bain haute-
couture, gorge fière — en surplomb, sur le
bord de la piscine vidée devenue fosse, une
fosse vaste, profonde, à la peinture verte écail-
lée, éraillée, rouillée, et elle commençait à
descendre l'échelle. Thomas était en bas avec
Daniel — qu'il avait tiré d'affaire la nuit précédente — et tous deux achevaient de racler le
fond gluant avec de gros balais de genêt qui
grinçaient. Les derniers détritus partaient au
trou de vidange. A mi-hauteur de la paroi,
juste au-dessus d'eux, un autre trou circu-
laire, de trente centimètres de diamètre environ, par où allaient jaillir et se précipiter les
eaux pompées de la mer, faisait l'effet de quelque hublot obturé. Tous deux travaillaient,
surtout Daniel : Thomas, depuis qu'il l'avait
sauvé des eaux, comptait sur sa gratitude et

jouait volontiers au contremaître, ou au cadre.

— Vous m'excusez de vous conseiller, Madame, vous feriez mieux de mettre des espadrilles...

— Vous êtes bien pieds nus ! dit-elle avec entrain.

— Le petit n'a rien. Moi, je suis habitué.

— Eh bien, vous me soutiendrez !... C'est votre ami ?

Thomas fit signe que oui.

— Donne-moi la main ! dit-elle à Daniel. Tiens bon !

Et à Thomas :

— D'où vient que ça glisse ?

— Oh, dit-il, vague, la sueur, la poussière des pins, les huiles solaires, les maquillages...

— Chers invités, dit-elle, presque pensive... Et il va falloir la remplir encore une fois, cette piscine — moi du moins... Demain soir nous avons tout le monde...

Puis :

— Je n'étais jamais descendue si bas... C'est drôle...

Elle considérait les murs de sa fosse, abrupts, et au-delà les cintres de ses arcades, en fuite, et elle répétait à Daniel :

— Ne me lâche pas...

Au bout d'un temps, Thomas se permit d'interrompre la rêverie patronale :

— J'allais remonter, pour rendre l'eau...

— Allez, allez, dit-elle, comme distraite.

Et à Daniel, dans une inspiration brusque, avec un sourire :

— Tiens-moi encore !... O la belle douche que ça va faire ! tonique ! tonique ! Viens là ! On oublie tout !

Thomas remontait l'échelle.

— Tiens, prends ! lui cria-t-elle en lui lançant son mini-peignoir.

Elle hésita quant au soutien-gorge, murmurant « Ce serait si bon », puis renonça. Et elle recula, entraînant Daniel avec précaution, pour se placer sous la cataracte imminente, de sorte que son dos fût pris de plein fouet. Elle dit à Daniel :

— Tu vas voir... Ce sera nouveau... Pour toi, et même pour moi...

Thomas avait disparu. Elle attendit.

— Alors ? cria-t-elle.

Après un long gargouillement cyclopéen, un formidable jet la frappa entre les épaules.

— Oh ! dit-elle avec joie.

Mais elle bascula et tomba aussitôt du côté où Daniel ne la tenait pas. Alors elle le mit tout à fait face à elle, lui écarta les bras et planta chaque main dans chacune des siennes, afin que la symétrie la maintînt en équilibre. Elle le lui expliquait, mais dans le bruit de la cataracte il n'entendait pas. Il faisait signe que oui. Ainsi tous deux se déplacèrent pour que le jet les reprit en plein. Mais alors elle fut projetée vers lui, le touchant presque des pointes de sa poitrine — visibles — de sorte que leur groupe redevenait instable et qu'ils furent encore balayés hors du cercle, trébuchant et roulant ensemble parmi d'énormes éclaboussures.

— Oh ! c'est dur ! c'est fou ! criait-elle.

Et sans se décourager elle remonta vers la trombe en gardant la disposition de leurs quatre mains. Mais cette fois elle agenouilla Daniel devant elle afin qu'il résistât mieux. Ainsi, bien maintenue, elle put se livrer à l'eau étourdissante. Bientôt ses reins cédaient ou plutôt consentaient à la pression et ils se creusaient, ondulaient, au point que son bas-ventre touchait le gosse au visage, aux lèvres, et elle continuait sur un rythme s'amplifiant, dans le bruit qui couvrait de moins en moins ses râles, lorsque Daniel se dégagea quelque peu, peut-être étouffé par l'eau, peut-être par cette adhérence trop intime. Mais elle, abandonnée au seuil du paroxysme, elle battait le vide en suppliant à grands cris : « Reviens ! reviens ! reste ! reste ! », et comme il ne s'enfonçait pas assez entre ses jambes, elle lâcha ses mains, lui prit toute la tête, se l'appliqua, si fort qu'un instant suffit au spasme et que, le flot alors la précipitant à terre, elle roula dans la folie de l'écume avec des sursauts attardés, et elle lui criait, seins

nus, main tendue offerte : « Viens, viens, tu
peux, je te le dois, j'aimerais ! » Mais il s'enfuit...

Carole continuait à se tordre, de désespoir
désormais... Elle bramait plus fort que la
cataracte...

*

Daniel titubait encore et allait au hasard
dans le jardin, quand il vit Thomas descendre
du toit de la galerie d'arcades qui dominait la
piscine. Il se marrait plutôt.

— Laisse-moi ! dit Daniel.

Thomas, feignant l'intérêt :

— Qu'est-ce qu'il y a ? Elle t'a pas fini ?...
Tu as eu tort, il tenait qu'à toi !

— Salaud !

— Qui est salaud ? demanda Thomas avec
évidence.

Et comme pris d'une idée encore plus rigolote, il lui indiqua un sentier qui descendait
à la mer en longeant le flanc du promontoire :

— Allez, va te balader par là et tu viendras
me remercier...

Daniel était un peu hors d'état de répondre.
Thomas insista :

— Va, j' te dis !

Et d'un ton de rancune calibanesque assor-
tie de chantage sombre :

— Moi, je vais réparer la barque...

Daniel sembla s'éveiller d'un coup :

— Ce sera long ?

— Un jour ou deux, dit Thomas.

Et il lançait en s'éloignant, dans un dernier rire :

— Mais tu les trouveras courts !...

Daniel, la nuit précédente, avait été sauvé par une série de chances. Le vent le poussait bien vers la haute mer, mais les écueils qu'il avait touchés l'avaient retenu dans leur cercle, se le renvoyant l'un à l'autre. D'autre part, si on suivait la direction du mistral en partant de la maison d'Honoré, avant d'aborder le large on frôlait le promontoire : Daniel, au dernier moment, n'en était pas à vingt mètres. Enfin Thomas avait une ambition secrète, en soi insensée, aujourd'hui pas déraisonnable peut-être : Patricia... Une fois... Comme la pauvre Miette... Mais il ne lui restait pas une seule minute à perdre, tout finissant dans deux jours. Il avait feint de se coucher après le repas, mais il était ressorti en fraude, et rôdait longuement au bas du promontoire, rassemblant son courage... Il venait de se décider enfin et commençait à monter la pente quand il avait entendu les cris du gosse, tout près...

Il n'était pas mauvais bougre. Après avoir sauvé Daniel et ramené la petite barque — fendue mais non brisée — il avait poussé le môme à coups de plat de la main entre les épaules vers le dodo, lui reprochant son « in-gratitude », mais dès le jour il cédait aux supplications de son désarroi en consentant à le conduire auprès de Jean-Marc par la route, malgré l'interdiction formelle de ce dernier. Or trois flics les avaient suivis, visiblement, dans une voiture roulant au pas, et Daniel avait même cru reconnaître ceux de la gare, si bien qu'il n'avait pas trop violemment protesté lorsque Thomas avait rebroussé chemin. Daniel était donc un peu prisonnier...

Thomas n'envoyait pas Daniel à Patricia par libéralité — ni masochisme : il était trop sim-ple. Mais comme il s'apercevrait bien du résul-tat, il aurait ainsi tâté le terrain sans aucun danger pour lui-même. Il prit donc le goudron, l'étoupe, et calfata, non sans avoir traîné le youyou en un lieu d'où il pût guetter, non la scène — cette fois c'était impossible — mais la sortie...

Lorsque Daniel découvrit Patricia sur la plate-forme, il fut interdit, émerveillé, puis, aussitôt, méfiant. Elle lui dit bonjour. Il fit de même. Mais comme elle l'invitait à s'asseoir près d'elle, il s'assit un peu plus loin.

— Je vous connais pas, dit-il.

— Moi je te connais un peu, dit-elle.

Il plissa le front. Elle sourit.

— Je t'ai entendu cette nuit... Tu appelais « Jean-Marc ! Jean-Marc ! »... Non ?

— J'connais pas de Jean-Marc ! s'écria-t-il.

— J'ai dû rêver, dit-elle. Aucune importance, c'est toi qui compte. Approche...

Il avait aux lèvres un sourire de fierté : il était fin, il n'avait pas mouillé son ami. Cela le détendit et le rassura. Elle débarrassa le banc de ses magazines pour lui faire place et lui prit la main. Il accepta, puisqu'il n'y avait plus aucun risque...

— Sèche-toi au soleil, dit-elle. Tu es bien ?

Il dit que oui. Elle l'invitait à regarder le large. Il la regardait.

— J'ai dix-sept ans, dit-elle.

— Moi aussi.

Ils s'étaient rejoints, chacun se déplaçant de deux ans. Il dit alors :

— C'est bien que tu sois de mon âge...

Il la regardait toujours, malgré lui...

— Tu me trouves belle ? demanda-t-elle.

Il lui fit signe que oui, gorge sèche.

— Belle comment ?... Ne cherche pas à me plaire !

Il répondit, après un silence :

— Ben, comme on n'en voit pas...

Elle soupira :

— C'est pas l'avis de Jean-Marc !

— Il est dingue !

Cri du cœur... Il comprit sa gaffe. D'un sursaut il reprit sa main et s'écarta.

— Tu t'en vas ?

— Oui... non... j'ai chaud, dit-il, ça va pas...
J'ai jamais eu tant de soleil, j'ai pas l'habitude...

— Allonge-toi, je vais te faire de l'ombre...
Tout ce soleil, c'est dangereux, en effet...

— C'est vrai ?

— Oh, oui !...

— Ah, bon... Alors je veux bien...

Elle insista :

— Vraiment, ça t'ennuie pas de rester ?

Etendu sur le banc, il ne répondait plus.
Elle s'agenouilla tout contre, couvrant d'ombre
son visage. Lui, dans un dernier sursaut méfiant :

— Oui, mais on parle pas, hein ?

— On dit rien, dit-elle.

Toutefois, très prudente, elle se tint immobile jusqu'à ce qu'il eût fermé les yeux, et
même quelques minutes ensuite, avant de
l'effleurer du côté des jambes... Il ne bougeait
pas, il ne rouvrait pas les paupières... Elle insistait si peu que sa main restait en suspens jusqu'à ce que le soulèvement de Daniel la rejoi-
gnît et même alors elle s'écartait, comme à la
suite d'un frôlement de hasard, au point qu'il
pût en douter... Toutefois, lorsque après quelque temps de ce jeu il murmura, la voix
blanche : « Oh, j'y crois pas... », elle sut que
c'était à tant de joie qu'il ne pouvait croire
et lui demanda tout bas :

— Tu veux être heureux... tout à fait ?

A sa grande surprise il fit signe que non. Elle lui demanda pourquoi. Il dit :

— Après, je pourrais plus voir de filles...

— Qu'est-ce que ça peut faire, puisque tu me reverras ?

Il demandait, au bord de l'extase, les yeux mi-clos :

— Toujours ?

— Ça commence à peine...

— Oh, c'est pas vrai !... J'ai jamais lu ça !...

— Si je le jure ? dit-elle...

Elle ne jura pas, mais elle reprit son jeu avec encore plus de délicatesse et comme après un temps, à bout, il soupirait : « Vite... », elle lui répondait : « Non, lentement, c'est mieux... », et comme il ajoutait qu'il ne pouvait pas être heureux sans qu'elle le fût, elle lui dit qu'elle n'était jamais heureuse, pour des raisons difficiles à raconter, mais que peut-être elle essaierait, tant il avait de bonne grâce, et comme la main du gosse cherchait vaguement ses seins, elle s'écriait avec une certaine vivacité : « Ne me touche pas ! », mais se radoucit aussitôt, lui demandant :

— Tu les voudrais sur tes lèvres ?

— Nus...

Et il répétait :

— C'est bien que tu aies dix-sept ans...

— Oui, attends... N'ouvre pas les yeux, pas encore...

Elle porta ses mains aux épaules afin de se dégrafer, mais dans ce geste elle déplaça son buste, suffisamment pour qu'il reçût tout à coup le soleil sur sa paupière. Il sursauta sous le choc, entrouvrit les yeux, énervé, hagard. Elle était à présent un peu plus loin de lui, assise sur ses genoux, gorge nue dans ses mains aux élancements de gerbe pudique, et semblait envahie d'une mélancolie...

— Qu'est-ce qu'il y a ? demandait-il.

— Rien, je suis triste, dit-elle.

— Pourquoi ?

— Tu m'as menti...

Il semblait perdu. Elle précisa :

— Tout à l'heure...

— Ah oui, dit-il... Reviens, je mentirai plus !

Et d'une voix plus rauque :

— Reviens...

Mais elle ne bougeait plus, lui disant :

— Un mensonge, ça se répare...

— Ben, tiens, dit-il.

Alors elle demanda :

— Où est Jean-Marc ?

— Tout près, avec les camarades...

— Où ?

— Sur une petite plage... Y'a des rochers... C'est très joli... Tu reviens ?

— Tu sais pas chez qui ?

— Chez Luc.

Elle sourit :

— Tu sais que tu es adorable ?

Il dit :

— Tu vas venir ? ou je t'ai dit ça pour rien ?

— Tu me connais mal, dit-elle.

Pat avait déjà rendu l'ombre à ses paupières et elle allait tenir honnêtement toute sa promesse, lorsqu'un bruit de léger éboulement la fit retourner. Rien. Elle s'avança au bord de la plate-forme.

— Lève-toi ! dit-elle... Vite !...

Elle s'était déjà rajustée. Jean-Marc montait la pente à grands pas...

Il n'avait rien pu voir, et pourtant il parut se dominer au prix d'un effort extrême, car il parla aux deux d'une voix aussi sourde, mais beaucoup plus douce que d'habitude. Il dit d'abord à Daniel :

— T'en fais pas, petit môme, c'est pas ta faute...

Daniel balbutia :

— La barque, elle est cassée !

— Oui, oui... Maintenant laisse-nous un instant, tu veux ?

Et comme Daniel docile allait prendre le sentier, il précisa :

— Pas si loin, c'est pas la peine !... Et ne te détourne pas !

— Et puis quoi ? dit Daniel.

Mais Jean-Marc s'adressait déjà à Patricia, de tout près, d'un ton humble :

— Patricia, ce qui s'est passé l'autre soir...

Elle rit un peu. Il rectifia, dans une nuance de honte :

— Ce qui n'a pas eu lieu... je n'y pouvais rien... C'est joué... Faut croire que je suis bon pour autre chose...

— Pour d'autres filles ?

— Idiote...

— Pour ce gosse ?

— C'est lui que je suis venu voir.

— Il t'a... converti ?

Il réprima un commencement de violence et lui répondit :

— Tu fais bien d'en parler, je vais tout te dire. Ça vaut la peine...

Elle attendait... Il dit, encore plus serein, le visage clair, les yeux parfois un peu détournés et baissés, parfois regardant en face, comme priant qu'elle voulût bien comprendre et admettre :

— On l'a trouvé dans la rue, tout seul, en pleine fumée, la nuit du 3, la première... Au Quartier... Il avait rappliqué au grand galop de sa banlieue éloignée dès qu'il avait eu la nouvelle... Et puis toutes les autres nuits de ces deux mois, on s'est pas quittés... Ce qu'il a fait comme coups... fumants, sanglants... je te le dis pas : on peut toujours répondre que c'est de l'inconscience... Et d'ailleurs on s'en fout : ce qu'on a fait, c'est très peu... Le truc à signaler, c'est qu'il était heureux... Heureux comme nous-mêmes on ne pouvait pas l'être... Il ne l'avait jamais été, jamais, tu comprends ? C'est pas parce que c'est lui... enfin, pas tellement...

Il s'embrouillait. Il reprit :

— Ce n'est pas notre sous-prolo, notre bonne œuvre. Y'en a plein comme lui, mais c'est avec nous qu'il est...

A présent, il parlait comme à quelqu'un de gagné, à une amie prise dans son rêve :

— Et puis, à Flins... chez lui... la bagarre dans l'usine, dans le village, et dans les blés en gerbes, ou pas encore coupés... tu vois ça ?... Ce n'est pas nous qui avons mis le feu aux meules, c'est les grenades...

Il se souvenait encore, si absorbé qu'il redevenait solitaire :

— La plaine descend un peu vers la Seine... Même ce jour-là, c'était calme...

Elle le coupa, ricanante :

— Je vois, le plus beau jour de ta vie, quoi !

Il recula, mais se reprit aussitôt, lui tendant la main :

— Viens avec nous !

— Tu as trop d'amours à part moi, dit-elle.

A quoi il répondit soudain, très bas :

— C'est vrai que je t'aime...

Et elle demandait, à peine interrogative, sans rien de garce, plutôt naturellement offerte :

— Et tu as envie de moi ?... De moi seule ?

Il faisait signe que oui.

— De dormir avec moi, l'amour étant pris dans le sommeil ?

Même réponse.

— Et cette fois, dit-elle, nous en aurions pour vingt ans ?

— Plus, dit Jean-Marc en levant les yeux sur elle...

— Et tu as placé ce môme ici pour me retrouver ?

— Non...

— Pour t'en donner un prétexte ?

— Peut-être, peut-être...

— Alors ? dit-elle.

Il demanda, un peu exténué :

— Alors... quoi ?

Elle répondit, avec une intensité soudaine, effrayante :

— Alors fous-les en l'air ! Tu demandes que ça ! Ton mois de Mai, c'est que je t'ai fait chier à Pâques !

Et comme il s'enfuyait, elle cria :

— C'est trop con !

Jean-Marc entraînait Daniel.

— Par là ! On rentre à la nage !

— J'sais pas nager !

— Je te tiendrai !

— Tu es fou ! dit Patricia.

Ils étaient trois à se mouvoir, un peu au hasard, dans ce tout petit espace. Jean-Marc secouait Daniel par les cheveux pour le regarder en face :

— Tu en as plus envie, hein ! Tu es pourri !

Patricia intercédait :

— Mais laisse-le ! Il quittera pas la maison de Thomas, je te le jure !

— Qu'est-ce que ça peut me foutre ?... Allez, grouille, Daniel ! On se taille !

— Mais fiche-lui la paix, à ce gosse ! répétait Patricia.

Et Daniel, balançant d'une jambe sur l'autre :

— Ça commence à m'emmerder...

— Bon, dit Jean-Marc, c'est cuit...

Et s'arrachant à elle :

— Tu l'as vampé, tu le gardes !

Il partait seul. Mais Daniel venait de trouver de tout son être la solution géniale. Il criait à Jean-Marc :

— Mais reste ici avec moi, tiens !

Jean-Marc, qui dévalait, s'arrêta net, flotta. Daniel, au bord de la plate-forme, le surplombait, riant déjà de ses évidences victorieuses : il voyait les choses !

— Tu veux ? demanda-t-il sans douter de la réponse.

Jean-Marc eut un début d'élan vers lui. Mais comme Patricia s'était un peu avancée, lui redevenant visible :

— Je ne peux pas, dit-il dans un regard vers elle, à bout de force, au supplice...

Daniel demandait :

— Pourquoi ?

Et Jean-Marc regardait toujours Patricia, comme pour retenir encore ce visage avant de le perdre, sans répondre à ces yeux qui le mettaient au défi de rester là sans fondre aussitôt sur elle, qui lui prouvaient sa peur et riaient de sa fuite... Daniel insistait ingénument, non sans se prêter finesse :

— Pourquoi ? Pour les camarades ? Ils râleraient contre moi ?

— C'est ça, c'est ça, dit Jean-Marc, rien ne t'échappe !

Et Daniel, brusquement, résolvant tout à nouveau :

— Alors ça va ! J'attends qu'on répare la barque ! Je serai vachement sage ! Tu peux y aller !

Jean-Marc acquiesça, muet. Daniel racontait déjà :

— Tu sais, on bouffe drôlement bien en bas !... Et ce qu'on picole !...

Jean-Marc, sur le départ, malgré lui un peu déridé :

— Raconte pas la Bourse et la rue de l'Estrapade ! Mouille personne !

Et Daniel répondait en rigolant :

— C'est déjà fait ! Tu vois, quand tu es pas
là je débloque !

Ils s'éloignaient de Patricia et l'un de l'autre... Daniel, important :

— Bon, je vais surveiller un peu les répa-
rations. Thomas, c'est pas un nerveux. Ses
coups de marteau, il les rumine...

Et Jean-Marc lui cria :

— D'accord ! Ne le quitte pas !

Il disparut... Peu après, comme au terme
d'un délai de convenance, Patricia et Daniel
échangeaient un signe du bout des doigts.
On ne pouvait dire qu'elle eût commencé, ou
à peine...

*

Au crépuscule, Carole et Patricia se lançaient
Daniel, dans l'eau, d'un bord à l'autre de la
piscine. Avec leurs impulsions amples et
appuyées il n'avait guère que deux ou trois
brasses à faire et après quelques bouillons
commençait à se débrouiller pas mal. « Ça
vient, ça vient ! disaient-elles. Encore ! Encore
une traversée ! » Ils dînèrent tous trois dans le
grand patio, servis par Thomas, auquel Daniel
confiait au creux de l'oreille, tout en remplis-
sant son assiette : « Ici c'est mieux, mais en

bas c'est plus copieux ! » et il reprenait aussitôt le récit de la rue de l'Estrapade, ou plutôt
la suite — comment, dans l'éclair d'un Molotov,
il avait entrevu l'homme tournoyant avec sa
barre de mine, les flics de toutes parts en fuite
ou en compote — et comme Honoré, Marthe,
et Thomas lui-même entre les plats, installaient des flambeaux à toutes les colonnes, il
dit : « O ça, alors ! Ça me rappelle un peu
l'ambiance ! », et quand Pat lui apprit que
c'était un essai pour le lendemain, où l'on donnait une fête, il s'écria, dans un de ses perpé-
tuels cris du cœur :

— Je ferai un gros gâteau !

*
* *

Au milieu de la nuit deux hommes venus en
canot, à la rame, abordèrent avec précaution
sur les rochers du domaine, hors des plages,
longèrent en contrebas le patio, la terrasse de
la piscine, et se dirigeaient vers le pavillon
isolé entouré d'arbres, dit pavillon de Miette,
quand un chien aboya longuement, puis
s'élança, tandis que s'éclairait le hall du bâtiment principal et qu'apparaissait en silhouette
Carole, visiblement vêtue d'une chemise de
nuit transparente, suivie, bientôt précédée de

son vigoureux quinquagénaire, en pyjaveste, porteur d'un fusil de chasse...

Le chien, qui allait se jeter sur les deux hommes en aboyant de plus belle, s'arrêta tout à coup, ayant reconnu André, qui le héla doucement et le caressa. Au bout de quelques instants le hall s'éteignit, la porte se referma. L'alerte passée, le colonel et André entrèrent dans le pavillon de Miette...

Apparemment il était absurde qu'il ne fût pas même fermé. Mais le jour du décès on avait dû enfoncer la porte, verrouillée du dedans, et on n'avait nulle part retrouvé la clé, ce qui faisait grand mystère, car on imaginait assez mal cette malheureuse lançant l'objet dans la mer, au moins à quinze mètres de là, entre les arbres. Il fallait croire, pourtant... Non moins absurde que Carole eût fait de ce pavillon un musée, exigeant qu'on laissât toujours tout en l'état, mais c'était là une de ses mythologies momentanées, sincèrement expédientes, selon laquelle « fiancée depuis toujours à la Mort, Miette l'avait enfin épousée » : le thème lui était venu en répondant avec altitude au réquisitoire épistolier, au sursaut moral de Brice. La clé perdue n'avait pas manqué non plus de contribuer à la légende. D'où, aussi, à côté, la tombe, l'ancienne tombe... La saisie et la vente venaient interrompre une histoire qui promettait d'être séculaire... « pour un arrière petit-enfant romancier », avait dit Carole...

Tous les volets étant clos — comme on les avait trouvés ce jour-là — les deux hommes, sitôt la porte refermée, purent allumer la lumière. Un bordel indescriptible apparut, surgit : Cinémondes, Cinérevues, disques de tous diamètres en tous sens mélangés à leurs couvertures coloriées, séries noires, photos dédicacées de vedettes, une ou deux déjà défuntes, maximes à la lucidité désespérée — comme on dit — tracées au rouge à lèvres sur les murs et les glaces, beaucoup entre guillemets, tirées d'auteurs récents et célèbres, surtout en leurs écrits de jeunesse auxquels ils n'avaient pas succombé. André les identifiait presque toutes. La coiffeuse était un capharnaüm indivisible de produits de beauté — chers, pas chers, intacts, épuisés, entamés, pots encore ouverts, gras et rances — et de médicaments. Le lit était défait, affaissé, les cendriers pleins et secs. Une bouteille de whisky aux trois quarts vide, quelques gouttes encore au fond d'un verre... Elle avait mélangé alcool et barbituriques. D'où l'accident cardiaque, fait médical authentique, qui au surplus avait servi d'explication suffisante aux tantes de province et au colonel incarcéré. Mais à Paris, dans l'ensemble, on avait annoncé le suicide avec poésie.

Il faisait tiède. L'odeur était doucereuse. Le tour fut vite fait. Le colonel demanda :

— Que faisait-elle, à part ça ?

— Rien, dit André. Elle lisait ça, elle écoutait ça. Elle prenait régulièrement ses doses, excitantes, calmantes...

— Pourquoi des truc contraires ?

— Pour le jour et la nuit...

— Y'en a beaucoup qui font ça ? demanda Vannier.

— Pas tout à fait tout le monde, dit André.

Sur le lit, sous le lit, surtout, de beaux livres d'art : elle avait vaguement fait l'Ecole du Louvre, la Grande Chaumière... Un Matisse était ouvert. Vannier le feuilleta, s'étonna :

— Mais c'est plutôt joyeux, dit-il ingénument.

André dit à voix basse, un peu embarrassé pour se faire comprendre, et même pour s'exprimer :

— Oui, ce n'est pas... enfin, ce ne fut pas... tragique, pour elle... Plutôt amorti, indolore... Je ne dis pas indifférent, mais... comme ça...

Il fit le geste des choses qui vont d'elles-mêmes, toutes seules, qui glissent en s'émiettant, et ajouta :

— Le suicide est devenu presque... facile... Sans doute elle n'a pas exactement... décidé cela...

— Pas même voulu sa mort ? dit le père.

— Peut-être que si, dit André. Mais trois

mois avant ou après, c'était aussi bien possible...

Vannier reconsidérait en ruminant tous les
objets de la chambre :

— Oui, au fond, en un sens, tout ça, c'était
plutôt gai... enfin, fait pour l'être...

— On produit, on achète, on vend de la
gaieté, dit André.

— De mon temps on était heureux ou mal-
heureux, dit le colonel. C'est plus ça ?

— Plus si simple... Pendant pas mal de
temps, elle espérait devenir vedette. Ça l'a un
peu soutenue, portée. Mais les vedettes aussi
se suicident...

— Vous ne parliez jamais ?

— Non, mais nous étions en bons termes.
Et puis les derniers mois elle était ici, tu sais,
seule avec Maman, pour se reposer...

— De quoi ?...

André ne répondit pas. Que dire ?...

Le colonel était d'une grande force physique.
Avant de repartir, d'une main, en un geste de
découragement et d'adieu, comme d'autres
soupèsent un briquet, une montre, à la rigueur
une statuette, il souleva le lit de fer forgé de
Miette, et le laissa retomber. On entendit un
froissement, un bruit de chute : sans doute un
objet pris, depuis tout ce temps, entre le mur
et le matelas...

C'était un grand cahier de dessin. Ils l'ou-

vrirent. Rien que des visages d'hommes. Mais,
en angle, des dates, de brefs commentaires
écrits, des questions. A la troisième tête ornée
de l'épigraphe *Pourquoi n'es-tu pas resté ?* le
colonel grommela :

— Ça fait beaucoup qui ne restent pas !

— Elle se jetait au cou de pas mal de gars...
par détresse... Ils étaient plus positifs...

Le colonel s'impatientait :

— Mais détresse de quoi, à la fin ? Tu comprends ça ?

— Un peu, dit André. C'est le travail qui
m'en a sorti.

— Jusqu'à ce que tu aies senti la détresse
du travail ?

— Oui, dit André avec un tel naturel que
cette fois son père devint beaucoup plus rêveur.

Il dit bientôt, à mi-voix, comme pour lui-
même :

— Ça fout le camp, mais pas là où je col-
matais... Ça fout le camp du dedans...

A la page suivante ils apprirent que Brice
avait « *élégamment refusé* » Miette. « C'est toujours ça ! » dit le colonel. Ils tournèrent.

— Le gars que j'ai vu à la gare...

C'était Luc, sans commentaire ni date, sur
trois pages. André expliqua :

— Un bon garçon, pas brillant, mais qui lui
tenait à cœur, beaucoup même... Un gars qui
se fichait pas mal d'être un raté... Ils s'aimaient

bien. Peut-être ils s'aimaient tout court... Maman n'aimait pas...

Le colonel demandait :

— Miette est venue ici, les derniers mois... volontairement ?

— Oui... enfin...

— C'est vrai, c'est vrai, dit Vannier, elle n'avait plus de volonté... Ta mère en a...

A la page suivante, à la dernière période, parut Thomas. Et, en commentaire : « *Toi au moins, tu es gentil. Tu ne cherches pas...* »

Le colonel eut l'air touché. Il grogna, un peu « corps de garde » :

— On ne peut tout de même pas aller le remercier !...

Luc encore, trois fois. De mémoire, évidemment, mais plus ressemblant. Moins flatté. Au-dessus, chaque fois, en capitales : « POURQUOI N'AS-TU PAS ÉCRIT ? »

— Tiens ? dit le colonel.

— Moi aussi, dit André. Qu'il n'ait pas écrit, ça m'étonne...

— Tu penses que... ?

Vannier faisait le geste d'intercepter, de subtiliser une lettre...

— Je ne pense rien, dit André.

Mais Vannier, tracassé, revenait à la charge :

— Faudrait d'abord être sûr qu'il a écrit. Qu'est-ce qui te le ferait croire ?

André soudain hésitait. Puis il avança, vaguement :

— Son air, à la gare...

— Juste : tout à fait fou, mais pas fuyant... C'est tout ?

— Peut-être pas, dit André.

— Vas-y, dit son père.

Et il gouailla :

— J'ai l'âge de tout entendre, et pour ce qui est de comprendre, je m'y mets...

— Luc a monté le coup du cimetière, dit André. C'est même pour lui qu'ils l'ont fait.

— Foutre !...

Vannier avait l'air de découvrir beaucoup de choses à la fois, trop de choses. Il repartit, pesamment, comme à zéro :

— Voyons, voyons. Si c'est pour lui qu'ils ont fait le coup du cimetière, ce n'était pas contre Miette...

— Du tout.

— Attends, attends, doucement ! A moins que Miette ne l'ait vexé, insulté... Mais alors elle n'aurait pas écrit ça !

Sa main frappait les dessins et leur commentaire monotone.

— C'est évident, dit André.

— Pas tellement ! dit soudain le colonel. Elle aurait pu lui faire tort *après* ces dessins, exaspérée qu'il n'ait pas écrit, par exemple. Regarde. Elle lui pose la même question trois fois et elle lui fait la gueule de plus en plus moche. Elle s'énerve... Quand on s'appelle Miette et quand on se tue pour rien, on est quand même fantasque...

André répondit :

— Luc, c'est pas un gars de vengeance. Et puis il y a les dates...

Ils regardèrent. Pour le dernier portrait, c'était le jour de la mort, et elle était morte au matin. D'ailleurs le dessin tremblait...

Cette question précise étant réglée, ils se turent. Mais Vannier ruminait, songeant toujours à ce coup du cimetière :

— Pour elle... Tous ces petits cons... Et au fond, c'était risqué...

Puis :

— C'est drôle, et sur le moment ça m'a fait l'effet d'un scandale... Au cimetière, je n'avais pas envie de me battre... Pas contre les mômes, du moins...

Et peu après, avec une tranquillité à faire peur :

— Ça donne à penser...

Et puis, après un autre silence :

— Leur banderole était peut-être un peu chinoise, mais en français c'est pas tellement compliqué...

Il posa le cahier, ouvert à cette page, ou plutôt le laissa quelque peu tomber sur le lit froissé, inégal. La date du dessin les avait évi-

demment dissuadés d'aller au-delà. Mais un
repli du drap, déséquilibrant l'album, venait
d'entrouvrir un instant la page suivante et
André crut y voir quelque chose. Ils vérifièrent.

C'était toujours un portrait, ou plutôt une
esquisse inachevée. Même date. Aucun commentaire. Et cette fois le trait se décomposait
tout à fait, comme une écriture se désagrège.
Tous deux vinrent à regarder, spontanément,
presque ensemble, les restes de whisky, les
enveloppes déchiquetées des cachets : elle avait,
c'était sûr, tracé ce gribouillis après l'absorp-
tion. L'horreur de ces instants où la mort
s'avançait en sautes et veuleries de crayon les
découragea quelque temps de chercher une
ressemblance...

Et puis le colonel eut un air stupéfait,
comme d'une évidence à laquelle il croyait et
n'osait pas croire... Incapable de dire et surtout
refusant encore de s'avouer, détournant son
visage des regards possibles d'André, il en
venait à s'entrevoir par hasard dans les glaces
de la coiffeuse et de l'armoire, et aussitôt après
se livrait en tremblant à des manœuvres sour-
noises pour revenir s'y examiner...

Bientôt il entendit son fils qui lui disait, en
baissant le ton, sans doute afin de paraître
moins sensible :

— On avait ta photo, dans le temps, au
salon...

*

C'était donc lui qu'elle avait appelé en dernier, sans le connaître...

— Nom de Dieu, dit-il...

Il prit son fils. Ils sortirent. André sentit
bientôt, moins à la direction qu'à la formidable
colère de son allure, que Vannier ne l'entraînait
pas vers les rochers mais vers la maison de
Carole. Il tremblait un peu, pressait le pas. Il
entendait des mots qu'il ne comprenait pas, à
cause du grondement continu qui bousculait
les syllabes, ou de son ignorance de l'argot des
soldats :

— Et c'est pour ça qu'on crapahutait !

Et encore :

— Au tapis, les petits gars, pour leurs
fesses ! Et les gégénéraux à la gégène !

Et par moments, droit devant lui, pour André, derrière :

— Ça suit ?

André disait, son cœur cognant de partout :

— Je suis là...

Cela devint encore plus saisissant quand tout
à coup une lampe électrique violente les aveu-
gla, tandis qu'ils entendaient le cri « Halte ! »
et le bruit d'une mitraillette qu'on armait. Le
colonel tendit un bras de côté pour faire arrêter son fils.

— Papiers, s'il vous plaît ! Police...

Vannier cherchait à distinguer l'homme, à voir s'il était seul, où était l'arme. Il préparait quelque chose, tout en faisant semblant de chercher dans sa poche et en disant d'une voix lénifiante et bêtifiante :

— Attendez, attendez, tout de suite... Vous êtes après quelqu'un ? C'est une propriété privée ?

Il s'avançait insensiblement, l'air bourgeois. L'homme devait tenir forcément d'une seule main la lampe et le canon de sa mitraillette, pour avoir pu armer... L'affaire ne devenait pas trop difficile, mais au moment surprême la lampe qui examinait les mains et les poches du colonel se déplaça de nouveau vers le visage, et aussitôt après la voix se radoucit, devint à la fois respectueuse et familière :

— Pas la peine, mon colonel.

— Qui êtes-vous ? demanda Vannier.

— Mon nom ne vous dirait rien. Vous vous souvenez... attendez... le 67 235 à Oran ?

— Ah oui... C'était le numéro d'une planque.

— On devait venir vous arrêter. Un flic vous a prévenu.

— Exact. C'était vous ?

— Oui.

— Pourquoi ?

— Ben... Vous étiez vous, quoi... On faisait son devoir, mais ça, c'était pas possible...

— Partie remise...

— Oui, il s'est trouvé des collègues pour la besogne...

— Et que faites-vous là ?

— Oh, on surveille un peu... D'abord, il faudrait pas qu'ils essaient encore de déménager les meubles : c'est sous séquestre... Et puis y'a dans le coin un petit môme un peu dangereux qui doit nous conduire à d'autres... Excusez-moi, mon colonel, bonne nuit.

— Bonne nuit. Merci pour Oran.

L'homme s'éloignait. Il était vraiment pas mal équipé : mitraillette, lampe, talkie-walkie. Il dit encore, de loin :

— A votre disposition, bien sûr ! Mais c'est bien fini, ces choses...

Le colonel Vannier répondit du fond de l'être :

— Ça, oui...

Il était maître des lieux. Mais son premier élan vers la maison paraissait brisé. Lassitude de son passé ? Remords ? Il grognait en lui-même, presque à voix haute :

— Après tout, si je vous avais conduits aux chevaux de bois, ça ne m'aurait privé que de faire le zouave...

Il renonçait... Tous deux descendirent au rivage et s'embarquèrent. En chemin ils ne dirent pas grand-chose. Le colonel voulut savoir cependant si la grande fête de Carole était bien pour le lendemain...

*

Brice et Denise n'avaient évidemment pu
revenir à leurs « fiançailles ». Mais Brice, tenant
Denise au long de lui dans ses bras, donnait et
recevait tant de joie, tant de paix jusque dans
l'étreinte, indiscernable du reste — au point
qu'ils pouvaient presque douter qu'elle eût été,
comme du sommeil, et il ne savait pas encore
le prénom d'elle, tellement c'était personnel —
tant de pleurs aussi, ressentis dans le goût des
visages aux lèvres lentes, qu'il sut le pas gagné.
Ils vivaient dans l'autre chambre, celle où
Denise avait dormi seule, et d'où ils entendaient
un peu moins les bruits d'en bas. Mais ils
auraient pu les entendre...

*

Cette dernière nuit, assez étrangement, on fit
beaucoup l'amour sur la plage. L'usage étant
venu qu'on appelât dans l'ombre celui que l'on
désirait et qui alors répondait ou non — si
non, pas de rancune ; si oui, on s'en allait dans
un creux de rocher, une des petites grottes du
fond de la grève, sous la falaise — bien des
filles, entre deux étreintes ou en attente, lançaient le nom de Jean-Marc avec des voix de
toutes nuances, les unes dans l'émoi et l'espoir
qui s'ensuit — on ne sait jamais — les autres

avec malice et rien que pour l'agacer, sachant qu'il n'y aurait pas de réponse...

Un peu plus loin, dans l'eau, debout, un couple était plus chastement enlacé. C'était Luc et une des filles de Rosier. Elle lui dit tout bas :

— Rien ne me gêne, tu sais. Je peux venir sur ta plage.

Il fit signe que non.

— Alors sur la mienne ? dit-elle.

— Ecoute, lui dit-il — un peu embarrassé, il eut recours au technique — avant j'étais un sac de nœuds... de complexes... Malade, quoi... Pas tout à fait psychiatrique, mais presque... Jean-Marc m'a tiré de là, en Mai... Je suis moins paumé, y'a plus de tableau clinique... Mais, sexuellement, je reste encore fixé...

La fille lui dit tout bas, désignant la plage :
— Elle est là ?
— Non, elle est morte...

Et puis, se rendant compte que ce « sexuellement » pouvait être une information équivoque :

— C'est pas que je l'ai eue, d'ailleurs... Non, c'est ainsi...

La fille s'écarta, s'inclina dans l'eau en arrière, lui lâchant tour à tour l'épaule, le poignet, puis le bout des doigts, qu'elle baisa, et disparut dans sa nage silencieuse...

Telle fut la troisième nuit...

QUATRIÈME JOURNÉE

Vue de très haut, la Côte se désencanaillait.

Mais sur une montagne qui dominait la presqu'île, à la terrasse d'une bicoque modeste au site sublime — nid d'aigle — un homme dont les traits auraient pu rappeler aussi un rapace si l'âge ne les avait épaissis dans leur dureté, fixait en silence le domaine de Carole, comme s'il allait fondre sur lui.

C'était le petit matin. Geneviève venait de desservir leurs deux tasses et s'approchait de lui par derrière. Comme s'il le sentait, et qu'il sût qu'elle allait insister encore, il se retourna et gronda :

— Mais qu'est-ce que tu as pour cette ordure de Carole ?

— Tu ne peux pas au moins obtenir un délai ? Tu as des actions dans la société créancière.

— Tiens ! Je t'ai dit ça, moi ? Quand ?

Elle ne répondit pas. Il eut un grand rire.

— Ah ! elle est au courant ! Et elle en ins-
truit ma fille ! Et elle n'y voit pas plus loin,
l'imbécile !

Geneviève, après un silence, osant à peine
comprendre, balbutiait :

— C'est... toi ?...

Il éclata de triomphe :

— Oui, c'est moi ! C'est moi qui ai fixé le
jour de la vente et c'est demain que j'achète !
Pour une bouchée de pain ! J'ai organisé le
vide aux enchères !

— Pourquoi tu fais cela ?

Cette fois il tonnait :

— Pour toi, andouille ! Et pour ton crétin
de frère quand tout ça lui aura passé !

Il désignait le décor et jubilait :

— Moi je me fous du luxe de ce palace
nautique ! Mais moi je ne suis pas « révolutionnaire », je suis as-cé-ti-que !

Elle criait : « Jean-Marc ne changera pas ! »,
ce qui épaississait encore les rires du père. Elle
partait toute droite en disant : « Nous n'en vou-
lons pas ! » Comme ce « nous » l'avait tout de
même un peu alerté, il la rappelait à présent.

Elle se retourna, mais ne revint guère ; il dut
faire un peu plus de la moitié du chemin, ce
qui augmenta sa colère. Il en fut d'autant plus
sourd et lourd, pour l'écraser. Il la prit même
aux épaules.

— Tu as toujours aimé ta mère, tu l'aimes toujours plus que moi... Non, non, pas de politesse !... Tu n'as jamais appris pourquoi j'ai divorcé il y a sept ans ?

Et il ajouta :

— Pour qui ?...

Elle demanda, atterrée :

— Carole ?

Il confirmait et continuait :

— Hé oui, cette année-là, dans ma vie, je me suis trompé... Elle m'a fait marcher, elle m'a fait ramper, elle s'est payé ma tête, jusqu'à ce qu'il fut trop tard pour récupérer ta mère. Et là, elle m'a dit : « Soyons bons amis, s'il vous plaît » !... Et moi, j'ai accepté... Ou j'ai fait semblant... Sept ans...

Avant de s'éloigner, il lui tapota le front en lui rangeant une mèche :

— Bon. Je viendrai ce soir à votre petite fête.

Et se retournant au bout d'un pas, mais à peine :

— Ça ne t'enchante plus tellement, on dirait...

Puis, encore plus loin :

— Va au grenier. Prends un drap. Fais-m'en une toge romaine. Avec une bande rouge : pas révolutionnaire, sénatoriale !

*

Un peu plus tard, par le matin calme, sur la mer blanche, comme Jean-Marc nageait au large de sa plage — un peu du côté de chez Pat, de chez Daniel, mais pas trop — il rencontra dans l'eau André, qui allait lentement, longuement, comme chaque jour. Ils échangèrent quelques nouvelles. André était chez son père. Jean-Marc confirma que Luc n'avait pas cessé d'écrire à Miette, et comme il demandait à André son programme d'après-vacances, André répondit :

— Rien... Réfléchir...

Et ajouta, dans un sourire d'excuse :

— Je suis lent, tu sais...

Ils s'étaient tous les deux accrochés à une bouée, marquant la limite légale des chris-crafts et skieurs nautiques. On en distinguait, au loin, dont les silhouettes et les bruits faisaient un bourdonnement et une toile d'insectes...

— Réfléchir ? dit Jean-Marc.

— Je n'ose dire penser, répondit André.

Et il ajouta, un peu gauche :

— Comment fais-tu pour faire des choses ?

Jean-Marc répondit :

— Je ne sais pas... Je sais que je n'arrêterai plus...

— Tu crois ?

— Si j'avais dû, ç'aurait été l'autre soir...

— Quand tu es venu et parti ? demandait André.

Et Jean-Marc répondait tout à coup, malgré lui :

— Oui... S'il y en avait une, c'était elle...

Il s'aperçut alors qu'il s'était confié, et continua :

— Tu peux lui dire un mot, plus tard ?

— Oui... Quoi ?...

— Eh bien, ça, entre autres... Ce qu'elle n'a pas pu, personne ne le pourra... Trouve une formule moins emphatique : faudrait pas qu'elle rigole encore...

Il s'arrêta et reprit :

— C'est tout... Ça m'ennuierait aussi, bien sûr, qu'après m'avoir appris tant de choses elle débloque, dans l'existence... Mais ça...

Il eut un geste évasif et enchaîna, désignant la plage des camarades, parlant comme pour oublier l'instant précédent :

— Les débats, les autocritiques, c'est pas marrant... Je te le dis parce que tu envisages de penser... C'est pas facile, ni seul ni ensemble... Et pourtant si tu viens, et si tu nous trouves cons, comme nous sommes, tu es un con : c'est ça qui est bizarre... Ça ne tient pas à nous, ça tient à l'événement...

— Mai ?

— Oui... S'il ne revient pas, on sera tous

malades... Moi je n'ai déjà plus envie de la
santé...

— Ça ne va pas bien ?

— Si, si, ça va, mais je ne sais pas d'où ça
vient : quand je marche, ça flotte ; quand je
nage, ça chavire... Les choses ne sont pas non
plus très bien plantées, mais c'est mieux
comme ça : y'a du jeu... On croit la mort, c'est
la vie : on n'avait pas l'habitude...

Il ajouta :

— Moi, en plus...

Et s'interrompit.

— Oui... ? dit André.

— Non, rien, dit Jean-Marc... Toi, ça va ?

André, s'excusant encore :

— Oh, quand je te vois, trop bien...

Et Jean-Marc répondit :

— T'en fais pas, tu y viendras.

— A toi, ou à ton mal ?

— Au tien...

Ils se séparaient, dans un début de sourire.
Mais à l'instant ils revinrent à la bouée, comme
à un abri. Un criscraft pénétrait dans la zone
interdite, revenait en deçà, fonçait à nouveau.
Bientôt ils se rendirent compte que le canot
tournait autour d'eux, que les cercles se resser-
raient, et malgré les remous qui leur offus-
quaient le visage, ils purent reconnaître dans
la skieuse Patricia. Il sembla même à Jean-

Marc que le conducteur était le play-boy de
l'autre nuit. Comme alors, il obéissait... Elle,
image dorée, précise en ses passages, cruelle en
son existence — ce corps qu'il n'avait pu mar-
quer, aiguisé de vent, c'était trop... — elle
s'arrangeait pour que le canot passât assez
loin des cibles, elle et ses skis tout près,
à la faveur d'un brusque virage qu'elle ordonnait par un cri. Malgré les appels d'André,
Jean-Marc s'était avancé à découvert, pour
la voir, pour refuser le refuge, pour la braver.
Elle passait à deux mètres, un mètre, moins,
elle le giflait à toute volée de trombes. Les
remous et contre-remous de cet espace de mer
pareil à un terrain sous bombardement suffo-
quaient Jean-Marc, allaient faire perdre à
Patricia sa justesse. Elle insistait, elle s'enra-
geait... Evidemment cette tête n'était pour
elle qu'un point au ras des flots, enfin elle le
prenait de haut... Au tour suivant il fut touché
à l'épaule, oscilla, puis pencha du côté de la
blessure, la nuque inerte, l'œil vague... Ses sens
communiquaient en s'évanouissant : le hurlement du chris-craft qui revenait l'aveuglait
encore, et comme il s'enfonçait — n'osant étendre les bras pour se maintenir, de peur d'élar-
gir la cible, ou peut-être paralysé par le coup
reçu — au tour suivant elle le prit entre ses
skis, riant et criant :

— Je te tiens !

Au prochain coup elle tuerait, c'était pro-
bable...

Alors André se détacha de la bouée, vint à
son ami, le prit, le soutint au-dessus de l'eau
et au passage suivant le déplaça sur sa droite,
un peu en arrière, pour s'exposer à sa place.
Au visage de Pat on put craindre le pire, comme
si la fureur de l'attaque contre Jean-Marc
redoublait de le voir défendu, aimé par son
frère. On put craindre le pire, et cette fois pour
André. Au tout dernier instant elle réussit par
prodige de ses poignets à gagner latéralement
un peu de corde, trébucha, se reprit, et passa
sur un ski — l'autre, au-dessus d'eux, mal lancé,
tapant un remous, rebondissant, l'entraînant
plus qu'au bord d'une nouvelle chute, évitée
d'extrême justesse... Avait-elle eu peur au passage pour elle-même ? honte de la disgrâce de
ses déséquilibres ? soupçon d'avoir atteint gra-
vement l'un ou l'autre et désir de vérifier ? D'un
geste exaspéré elle ordonnait encore une attaque, mais ce fut un passage un peu plus à
distance, et de toute beauté, sans doute de pur
prestige, du côté de Jean-Marc auquel, sitôt
dépassé, elle lançait un cri en se retournant,
cambrée à l'extrême, pour être encore plus
belle, ou pour que sa voix portât mieux, ou
pour le voir un instant de plus... Elle disparut.
Le cri s'était perdu dans le bruit...

Plus rien... André tira Jean-Marc vers la

bouée. Longtemps ils reprirent souffle, en silence, tous deux pâles. L'épaule de Jean-Marc était striée de rouge, mais seuls quelques points saignaient. Puis Jean-Marc dit « merci », deux fois de suite, et André, s'amusant de l'allusion qu'il faisait à leur début d'entretien, répondit, d'un air de se peindre tout entier :

— Je suis venu tard, tu vois bien...

Ils rirent, et Jean-Marc, mis en humeur gaillarde, regarda son épaule et dit :

— Bah, pour un pardon, ce n'est pas trop cher encore...

André ne comprenait pas, c'était visible. Jean-Marc, pris de doute, lui demanda :

— Elle ne m'a pas dit, à la fin : « Je t'ai pardonné » ?

— Tu dois avoir raison, dit André.

— Tu avais entendu autre chose ?

— Ma foi, oui...

— Quoi ?

— « Je t'ai donné. »

— Ah..., dit Jean-Marc.

Et après un long silence, il ajouta :

— C'est possible...

Et presque aussitôt :

— Bon... Je vais voir les gars. Il faut se tailler d'ici à toute pompe... Je me grouille...

— Mais je ne suis pas sûr, dit André.

— Il faut faire comme si, dit Jean-Marc...

Mais alors, pris d'une ombre soudaine, puérile :

— Ça va la foutre mal auprès d'eux, ces nanasseries... C'est pas racontable, cet opéra...

Et il tournait en rond.

— Je peux t'avoir averti, moi, dit André. Au besoin je confirmerai...

— Tu ferais ça ?

André acquiesça d'un signe. Jean-Marc, dans un éclair, puis un éclat de rire — un brusque soulagement de gosse — fouettant l'eau d'une main, aspergeant André au visage, deux fois, lui cria, sur un ton de grosse farce imbécile :

— Je te mouille ? Je te baptise ?

Et disparut sans autre salut...

*

Jean-Marc n'eut rien à raconter aux camarades. Il revenait lentement, faisant alterner l'indienne et la brasse, pensif, songeant visiblement moins à cette menace imprécise qu'à ce fait qu'il avait un amour de plus sur les bras — André — il était entré dans la crique, il dépassait déjà le roc où Rosier faisait son article — tête basse, toujours dans la fureur enjouée de la rentabilité par minute — quand il vit, sur le haut de la falaise, deux hommes qui commençaient à s'engager lentement sur le sentier de descente vers la plage, avec des précautions qui ne tenaient pas au souci de leur équilibre. Ils allaient d'un buisson à l'autre. Les gars ne les apercevaient pas et d'ailleurs ne le pouvaient guère ; c'était l'éloignement de Jean-Marc qui lui avait permis de voir. Il s'avança, sans donner aux camarades un signal d'alarme qui eût alerté les deux hommes.

Mais on entendit un cri tout en haut. Brice venait de paraître et d'interpeller la police — si c'était elle... Du coup les camarades furent eux aussi avertis et regardèrent. Un des deux hommes se rendait fort poliment à l'appel de Brice, mais Brice insistait par gestes pour que le second, embusqué, vînt aussi. Faisait-il acte d'ami de la bande, de père complice, de propriétaire violé ? De toute façon il ne gagnerait pas grand-temps... le temps de les envoyer chercher un mandat, ou, s'il y en avait un, de le lire, et de pousser des cris de vertu... Jean-Marc ne s'approchait plus. S'il fallait tous fuir à la nage — où, d'ailleurs ?...— il serait bon qu'il eût de l'avance, avec sa meurtrissure à l'épaule... Brice dut entraîner les deux hommes dans sa maison, car ils disparurent.

Les jeunes regardaient encore tous vers le haut, mais sans aucun *sursum corda*, s'il fallait croire les seuls mots qui parvinrent à Jean-Marc : « Comme des rats ! » Ils parlaient bas, faisant quelques pas confus en tous sens.

Bientôt, à la suite de l'un d'eux qui leur désignait Jean-Marc — ou la passe et la mer, seule
issue possible et vaine — ils se rapprochèrent
les uns des autres et discutèrent. L'objet de
leurs regards semblait être, en fin de compte,
au-delà de Jean-Marc, un peu plus haut. Il se
passait donc quelque chose derrière lui. Il se
retourna.

Rosier, accroupi au faîte de son rocher, avec
son index droit replié, déplié, et ainsi de suite
— se délectant visiblement de ce geste, inter-
médiaire entre l'appel aux petits poussins pour
le grain et le « laissez venir à moi » évangé-
lique — leur faisait signe de s'approcher. Jean-
Marc, d'un geste net, confirma. Ils s'avancèrent
vers l'eau. Mais Jean-Baptiste fit une nouvelle
mimique, se lissant les bras et les jambes,
se tapotant la poitrine, jusqu'à ce qu'en désespoir de cause il entrebâillât la ceinture de son
slip, fît claquer l'élastique, et de ses mains
semblât étendre à tout son corps desséché ce
maigre tissu : on finit par comprendre qu'il
valait mieux emporter ses vêtements. Ce fut
un grand branle-bas silencieux. Jean-Marc, du
geste classique des doigts, immédiatement lisi-
ble, fit signe à l'intendant Mathieu de prendre
l'argent, mais Mathieu l'avait déjà. Ils allaient,
les meilleurs nageurs portant à bout de bras
les habits — pas grand-chose — et Rosier se
glissait au bas de son récif, se coulait dans

l'eau, dessinait quelques brasses lentes sur le dos, sans remous, prenait pied et marchait, toujours à reculons, les yeux fixés vers le haut. Comme Jean-Marc arrivait à son niveau, il lui murmura :

— Ne regardez pas en arrière. Allez en toute innocence. J'invite des jeunes gens pour caser mes filles, par exemple... Ou pour les ramener à la Société, comme il se doit...

Et il signifiait les mêmes consignes aux autres, toujours à reculons, avec des gestes amples de chef d'orchestre, de sémaphore, ou encore il semblait qu'il tirât à lui seul, par magie, les deux cordes d'un vaste filet concave de plage, ramenant les petits poissons en masse. Jean-Marc en eut un coup d'humeur et confia à Mathieu qui le rejoignait :

— Gaullo-chrétien ! Récupération !

— Tu as le choix ?

Pas le choix. Et Rosier avait raison. Une fuite surprise eût entraîné l'assaut immédiat. Une invitation mondaine permettait peut-être quelques palabres. C'était le moment difficile. Rosier, marchant toujours en écrevisse, abordait sa plage, disant aux premiers gars qui s'élançaient comme un commando de débarquement :

— Pas de précipitation !

Et avisant du coin de l'œil ses trois filles, debout, intriguées, il disait à l'une, Madeleine :

— Va chercher trois paires d'aiguilles et de
la laine et tricotez, tricotez ! que cette plage
soit exemplaire !

Et à une autre :

— J'ai laissé l'article sur le rocher. Va !

Mais comme elle s'élançait, il l'arrêta :

— Non ! C'est un signe... un signe certain...

— De quoi ? dit-elle.

— Contradictoire : que mon esprit reste sur
les eaux, ou que je l'envoie au bain...

Etait-ce de bonheur qu'il devenait gamin ?
Ce fut à reculons qu'il aborda la pente de son
petit promontoire, vers l'autre versant, vers sa
maison où ils seraient hors des regards. Il
avait les lunettes presque au bas de son nez et
regardait toujours à l'œil nu les hauteurs d'en
face. Jean-Marc lui demanda, un peu insolent :

— Tiens, vous y voyez ?

— J'ai une tare, dit Rosier. J'aime feinter.
J'ai choisi une feinte à peu près innocente...

Il lui tendait ses lunettes. Du verre à vitre.

— Je ris des yeux. Cela m'a nui, autrefois...

— Où donc ? dit Jean-Marc.

— A la *Revue des Deux-Mondes,* lors de ma
folle jeunesse... On m'a pris longtemps pour un
pitre... Comme vous faites...

Et il montait la pente à l'envers, les entraînant.

— Par ici. On ne viendra pas chercher des

émeutiers chez un éditorialiste spiritualiste...
Pas tout de suite du moins...

Jean-Marc, un peu persifleur :

— Vous êtes connu même ici ?

Et Rosier, jouant l'amour-propre vexé :

— Quelle question ! J'écris aussi dans la
Riviera républicaine, voyons !

— Ça paie bien ?

— Plus que bien ! C'est la moindre des choses !...

Rien en face. Peut-être, au loin, des sirènes.
Rosier, sur la lancée de ses propos, rêvait tout
haut — autant qu'il pouvait rêver à reculons :

— Il y a un quart de siècle j'ai décidé de
m'édifier un mur d'argent, pour être libre...

— Libre de quoi ?

— De l'argent...

— Et une fois libre ? dit Jean-Marc.

— J'aurais inquiété le monde, dit Rosier.

Et là, soudain soucieux, presque authenti-
quement :

— Mais quand le mur est-il achevé ?...
Quand ?... La question m'inquiète...

Et comme il trébuchait sur une pierre et se
rétablissait avec peine, aidé par la main de
Jean-Marc :

— C'est comme pour l'équilibre.

— Quel équilibre ?

— Psychique, psychique... J'ai passé tant
d'années à prouver mon équilibre que j'étais

sur le point, ces temps-ci, de le garder... Mais
j'ai fini par m'angoisser de cette absence d'angoisse... Et ainsi, Dieu aidant, je me suis un
peu secoué...

— A temps ?

— Il est toujours trop tard, et jamais...
Jean-Marc, très agressif :

— Le bon Dieu est patient ?
Rosier eut un joli geste vague :

— Oh, il a le temps... Et puis, pour tromper
l'attente, il s'amuse... Cette année-ci fut rela-
tivement rigolote...

Et sous un regard noir de Jean-Marc, il
rectifia :

— Absolument rigolote, je vous l'accorde...

— Dieu est mort, dit Jean-Marc.
Rosier, dans un long soupir :

— Et ses remplaçants bien malades...
Toute la troupe était arrivée sur l'autre versant du promontoire. En bas, hors de la vue de
la plage et de la falaise de Luc, se trouvait un
tout petit port, presque encombré d'un vaste
canot automobile. Madeleine, qui les croisait à
l'instant, portant les aiguilles et la laine, et
commençait à amorcer sa descente, leur dit,
sans se retourner :

— Deux cars de police, en face...

— Va, dit son père. Et adressez-leur au besoin de chastes saluts. N'oubliez pas que votre
vertu est notre rempart..

Et il commenta :

— C'est antique...

Elle descendit. La troupe, d'instinct, se planquait.

— Oui, restez là, dit Rosier. On peut parler, ça ne s'entend pas. Toutefois il vaut mieux ne pas chanter vos hymnes... si j'ose réprimer votre spontanéité...

Et à Jean-Marc :

— Venez voir.

Il l'entraînait vers sa maison rococo, sous de vieux palmiers pelucheux, cette fois marchant à l'endroit, avec aise.

— J'ai beaucoup de maisons, disait-il, un peu partout... Des maisons, c'est solide et ça ne rapporte pas trop d'intérêts... ou pas du tout...

Et du coin des lèvres, l'air neutre :

— J'en ai une, pas loin d'ici, à Monaco... J'y ai perdu quelqu'un autrefois... qui aurait presque votre âge... Je n'y vais plus... Je ne la loue pas...

Il murmurait encore :

— C'est très grand et tout à fait vide...

Jean-Marc avait compris, mais il vérifia :

— Monaco, ce n'est pas en France, n'est-ce pas ?

— Pas trop, pas trop... Au pire, dans la prison, le menu est à la carte... et la vue splendide...

Puis lui montrant le vaste canot automobile :

— Ça, c'est au directeur du *Beaumarchais*, mon patron, pour ainsi parler...

Et au sursaut de Jean-Marc :

— Non, il n'est pas là ! Pas encore... Nous étions, ces temps-ci, un peu fâchés, comme il dit. En guise de réconciliation, il m'offre une « splendide croisière », Corse, Sardaigne, Sicile... Des gens à lui ont déjà amené l'engin... Hé oui...

A ce soupir il ajoutait, l'air pénétré :

— Je sens que vous allez me rendre un grand service...

Jean-Marc s'éclairait enfin d'amusement. Mais quand Rosier demanda : « Vous savez conduire ces luxueux rafiots ? » il se rembrunit.

— J'en ai un... Enfin, c'est classique, dans ma famille...

— Et voilà le Péché Originel remplacé !...

Ils étaient sur le seuil. Rosier faisait le guide :

— La maison paternelle...

Puis, plus pensif :

— Je ne l'ai rouverte que cet été, histoire de me rapprocher un peu de mon père... de ses mânes, comme il dirait...

Et puis, du même ton, mais plus enjoué :

— Il doit bien rire, après avoir eu bien de la peine... Je l'ai quitté à seize ans pour aller vivre chez les putains, puis chez les curés...

Cette seconde fréquentation lui fut plus pénible que la première...

Il songeait... Mais Jean-Marc lui demandant avec perfidie : « C'est pas bien, les putains ? » il répondit, avec un distinction extrême :

— Si, si... très bien... Peut-être... si vous permettez cette réserve... un tout petit peu surfait... Après vous...

Ils étaient entrés dans la chambre, au mobilier centenaire, au lit avec montants et rideaux.

— Je suis né là. Rien n'a changé.

Et faisant incliner Jean-Marc sous les tentures du ciel-de-lit pour lui montrer un portrait fané, au cadre d'or passé, apparemment de famille :

— Le bon génie de mon berceau, de mon enfance...

Il s'en allait vers un tiroir, où il prenait une carte, avec un profond murmure du bout des lèvres :

— Sacré papa...

Cependant que Jean-Marc, demeuré sur place et accommodant sa vue à la pénombre du baldaquin, reconnaissait dans le vieux cadre aux ors passés le visage et la barbe du portrait de famille...

C'était Karl Marx. Jean-Marc haussa les épaules.

— C'est de l'humour, dit-il.

Et peu après, non sans avoir réprimé main-

tes brusqueries agressives et défensives, il
répéta, dévisageant Rosier avec calme :

— C'est de l'humour. Vous vous en sortez
toujours comme ça.

Alors il se passa quelque chose... Jean-Baptiste Rosier, la carte marine à la main, comme
un plateau, non seulement perdit un peu de
son aisance, laissa tomber ses bras et considéra
ses pieds, mais il songea longtemps, pour enfin
acquiescer avec une humilité parfaite :

— Oui, je m'en sors... Autrement dit, je n'y
entre pas...

Il regardait Jean-Marc en penchant et ho-
chant la tête, un peu par en dessous, et en
quelque sorte le salua :

— Vous, vous y entrerez, avec perte et
fracas...

Et Jean-Marc répondit, les yeux baissés, avec
un sourire pauvre :

— Le fracas, j'en sais rien... La perte, j'en
sais quelque chose...

Et comme il devenait de plus en plus difficile
à chacun de regarder à la fois en soi et en
l'autre, difficile et peut-être inutile, tout étant
dit — et qu'ils n'arrivaient pas non plus à se
détourner pour penser à part, trop de choses
étant venues de ce regard, Rosier pointa soudain un doigt vers le bas, sur la carte, et dit,
du ton dont on ramène quelqu'un ou soi-même
à terre :

— Bon !... Nous sommes...

Il cherchait :

— ... là !

∴

Dans la nuit, le canot démarra doucement et continua au ralenti, feux éteints. Jean-Marc conduisait dans le silence. Bientôt un gars lui toucha l'épaule :

— Dis donc, Monaco, ce serait pas de l'autre côté ?

Jean-Marc répondit, sec :

— Et le môme ?

Aux approches du cercle d'éceuils il confia la conduite à un camarade et se coucha sur le pont avant, la tête dépassant au-dessus de l'étrave, dirigeant avec des gestes et des murmures. Cela prit du temps. On voyait les lumières, on entendait les bruits, on distinguait même les silhouettes de la grande fête romaine. Luc proposa :

— On y fout la merde ? on casse ?

— Connard, c'est bien le moment, répondit Jean-Marc de son poste.

Il était serein à présent. Quand le canot fut à la limite du tirant d'eau, il se laissa glisser lentement le long d'une corde, recommandant qu'on fît demi-tour sur place et qu'on gardât le moteur au ralenti, prévoyant — pour le cas où il ne trouverait pas la petite barque — que deux ou trois camarades, à son appel, vinssent l'aider à convoyer Daniel sur les eaux.

— Il nous aura cassé les pieds jusqu'au bout ! lui dit-on.

— Ça, oui, répondit-il avec un sourire suave. Mais le bout, on y est...

Puis, Luc et quelques autres insistant pour l'accompagner :

— Non, non, j'y vais en douce et je le ramène en douce...

Et après quelques brasses silencieuses, de plus en plus heureux, détendu, poussant la joie jusqu'à la blague culturelle :

— Surtout pas Luc ! Attachez-le au grand mât !

Il aborda. La maison de Thomas était éteinte. Il frappa, un peu au hasard. Que la famille fût en service, c'était normal. Mais Daniel ? D'ordinaire il dormait comme une souche. Jean-Marc frappa plus fort. Le chien, qui grognait, aboya furieusement.

— Allons, allons, nous étions si copains à Pâques ! lui dit Jean-Marc.

Aucun effet. Il valait mieux s'éloigner. Il monta. Il refit en sens inverse le chemin qu'il avait parcouru le fameux soir, le soir de sa défaillance où lui était venue la force, cette force nouvelle dont il savait déjà comme elle était à éclipses, à caprices, combien peu il pouvait la rameuter au commandement... Qu'était-ce ?... Il trouverait bien Daniel, curieux aux lisières de la fête... Il longea par le bas, comme l'autre fois, le grand patio, où la table de marbre en fer à cheval avait été élargie de tous côtés, les chaises remplacées par des lits antiques. Mais la fête était peu romaine : Carole ayant lancé des invitations, cette fois, en demanderesse, la plupart avaient bien voulu venir assister à l'agonie du domaine, mais n'avaient eu souci d'investir dans le travesti. Colliers et couronnes de fleurs étaient uniformes, donc maison. Triste...

Un bruit. Jean-Marc, surpris, se blottit dans un laurier rose. Ce n'était qu'un faune en goguette, un vieil ami de son père, qui le vit, l'aborda, ne le reconnut pas, lui dit qu'il était si joli qu'on pouvait bien invertir la mythologie, et le tripota... Pas question de lui casser la gueule... Jean-Marc s'en tira de justesse en lui collant rendez-vous dans une heure au fond de l'ancienne tombe de Miette, mal rebouchée. « Oh ! » fit le faune, choqué. Jean-Marc lui dit : « Les satyres se scandalisent ? » Le chèvre-pied répondit : « Une heure, ça ira. Je vais me faire à l'idée. — C'est ça, creusez un peu ! » dit Jean-Marc en joie, en humeur de joie. Bientôt il fut moins patient. La voie vers la terrasse-piscine, où il devait jeter un coup d'œil, était coupée

par les premiers ébats des convives sur les
parterres de fleurs, ébats d'ailleurs troublés
par des bébés-aloès insoupçonnables dans l'ombre... De plus il reconnaissait bien des gens
encore... même des jeunes : sinistre... Restait
à faire le tour : passer de l'autre côté du patio,
devant la cuisine, continuer par un terrain
quelque peu vague, garni de broussailles
sèches, longeant le revers de la galerie d'arcades et des chambres. Peut-être monterait-il
sur le toit par une des grilles fixées aux fenêtres
des salles de bains... Il amorçait prudemment
cet itinéraire en s'apprêtant à défiler devant
l'office quand il haussa les épaules, comme s'il
se trouvait stupide : il y avait toutes chances
que Daniel fût à la cuisine — là, de l'autre côté
de la grande porte-fenêtre, encore un peu dissi-
mulée à sa vue par le bosquet — donnant un
coup de main pour remercier la famille de cet
hébergement que lui, Jean-Marc, avait imposé
pour des raisons peut-être suspectes... Il eut
un pincement au creux de l'estomac, mais
quoi, il payait... C'était fini... Il emmenait le
petit dans une minute, vers le large... Ces trois
ou quatre jours seraient si vite oubliés, ou
plutôt n'en valaient pas même la peine... Il ne
quitterait plus Daniel un seul jour de tout
l'avenir. Il lui remplacerait père et mère. Il en
serait digne...

Ainsi ce ne fut pas de voir Daniel aux cuisines qui lui donna ce coup au cœur dont il crut s'évanouir, mourir, qui lui plaqua le dos contre un arbre qu'il dut étreindre, les bras en arrière, piteux martyr déjà vidé du sang de ses veines, n'ayant plus rien à donner, plus rien que tout à coup cette sueur de glace où il s'écoulait tout entier... cette sueur blanche, ce suaire... C'était que le petit portait avec allégresse et amusement blouse, tablier, toque, toque gigantesque de pâtissier, c'était qu'il retirait du four, avec amour, un gâteau énorme qui était manifestement son œuvre, vu les applaudissements enthousiastes de la famille, et sûrement son initiative, vu cet air de fierté et même de bonheur, oui, de bonheur, le même que Jean-Marc lui avait connu sur les traits et dans la démarche dansante parmi les feux et les bruits des plus belles nuits de Mai, dans les coups les plus fous contre les trognes de l'Ordre, dans l'incendie et l'alchimie de toute la vie changée, dans les fumées et les chevelures entremêlées de la Fête, où lui, Daniel, le crève-la-faim, le môme, avait enfin ressuscité les chérubins comme anges de guerre, ou plutôt incarné comment ils avaient pu naître dans les fantasmes des hommes et ainsi dispensé à jamais la Terre, bien pleine et ronde, d'anges qui ne soient pas des enfants en Révolution !... Et certes, certes, certes, il était pâtissier, il fallait être matérialiste historique et comprendre la joie du produit quand il naît, quand on le tient enfin un instant dans ses mains à soi, avant qu'il ne soit livré... Mais voilà que Daniel insistait, se battait — c'était clair à travers la porte-fenêtre — pour que nul autre que lui ne déposât le gâteau dans l'immense plateau d'argent martelé — passe, oui, passe encore pour ce sertissage de l'œuvre faite ! — et que nul autre que lui ne le portât à manger aux maîtres, et il prenait la porte et le couloir de sortie d'office vers les espaces des riches, et aussitôt les bravos fusaient sur le patio, et aussitôt Thomas, Marthe et Honoré s'élançaient, se bousculaient, s'étranglaient dans le corridor pour reluquer le triomphe...

La grande vitre de la porte-fenêtre de la cuisine était peut-être déjà branlante, car la ruée de Jean-Marc, qui n'avait heurté que le bois, la fit éclater. Au passage il évita Marthe de justesse, renversa Honoré, lança à Thomas « Salaud ! » et bientôt, rattrapant le triomphateur puéril et extasié sur le patio en liesse, dans l'étendue déserte au milieu de l'immense fer à cheval des lits et des tables, il fit voler le gâteau qui s'écrasa dans un gros bruit mou sur les dalles, cependant que le plat faisait un tintamarre, et Daniel abattu d'une paire de claques s'effondrait dans la crème mousseuse de son chef-d'œuvre et Jean-Marc s'acharnait sur sa victime à terre, lui arrachant la toque, le tablier, la chemise, hurlant avec désespoir et tapant d'autant plus dur que sa voix s'éraillait comme de l'insuffisance ontologique de ses injures :

— Larbin ! Sale putain ! Cabotin ! Aliéné !

Et Daniel, à moitié assommé, affolé, trouvait encore la force et l'instinct, entre deux raclées, de lui lancer au visage :

— Paternaliste !

Et dans le bref instant où Jean-Marc accusait le coup, s'élevait une voix épaisse, écrasante, lente :

— Petit con !.. Espèce de demeuré !...

Et ensuite, en un rire que répercutaient les arcades :

— Et c'est moi qui paye ! C'est moi qui commandite toutes ces farces et attrapes !

Alors Jean-Marc se retourna vers son père et son père lui demanda :

— J'ai pas raqué, il y a trois jours ?

Il désignait ensuite Daniel, hoquetant dans le silence : « Pardon !... Pardon !... » et commentait, à l'intention de son fils, distillant, savourant chaque syllabe :

— Et tu commandes !... Comme les grands bourgeois commandent !... Et ce n'est pas l'intelligence — ah ! ça, non ! — c'est l'hérédité !

Jean-Marc s'avança vers son père pour le frapper... Au tout dernier moment il saisit le bord de la table qui les séparait, s'y crispa,

dans un soudain face à face, et son père lui
dit, du fond de son lit antique, avec une pitié
goguenarde et grasse, parodiant un peu le style
du mois de Mai :

— Et qu'est-ce que tu veux y faire, mon
gars ? C'est l'Histoire !

Il lui tendait une couronne... Jean-Marc, pour
abolir l'obstacle qui le séparait de son père —
ou pour ne pas le frapper — renversa la table,
dans un vacarme effroyable. Mais alors il n'y
eut plus aucune barrière entre eux, et le père
soudain se dressait, se campait dans sa toge à
laticlave, bras ballants, rigolant, plus grand
que lui. Tous, d'ailleurs, commençaient à rire.
Jean-Marc alla renverser une autre table. Alors
les invités se jetèrent sur lui. La mêlée fut
violente, avec des instants de folie, de lynch...
A la fin, maîtrisé par les plus raisonnables,
maintenu à genoux, les bras en croix, cambré à
coups de pied dans le creux des reins, il entendit :

— Gardez-le comme ça !

Pat s'élançait vers lui et, visage contre
visage, le baisant presque :

— Viens ! C'est mon dernier mot !

— Non.

Elle le gifla. Le sang jaillit de la lèvre. Elle
s'enfuit en suçant son doigt et sa lourde bague,
traînant son partenaire habituel au plus vite,
loin...

Les coups au creux des reins de Jean-Marc continuaient, on empoignait ses cheveux, on les tirait, on les arrachait, s'esclaffant : « Ils ne sont pas longs ! C'est pas un vrai ! » quand on entendit une voix tranquille, dont le seul timbre lourd avait annihilé les criailleries :

— Lâchez...

Le colonel arrivait avec André, répétant :

— Lâchez, ou ça cogne...

Etait-ce sa carrure ou son grand uniforme ? On obéit assez vite. Le centre du patio redevint presque désert et tout fut silence. Daniel, tenant à la main les débris de sa chemise, s'avançait vers Jean-Marc pour lui essuyer le sang...

— Fous le camp ! dit Jean-Marc.

Le gosse demanda, l'air perdu :

— Où je vais ?

— J'm'en fous ! Puisqu'ils t'ont eu, qu'ils te gardent !

Daniel partit d'un coup en courant, pleurant, bramant, trépignant, comme à quatre ans... Le colonel, achevant de remettre Jean-Marc sur pied, lui dit :

— Va le reprendre, ce môme... C'est si facile d'être refait... Les pièges à con, j'en sais quel que chose...

— Veux-tu que j'y aille ? dit André.

— Refait par qui ? lança Carole à son ex-mari.

Tension, régal brusque des invités... Mais Vannier répondit sans presque la regarder, balançant comme pour lui-même sa tête lourde :

— Par ce que tu représentes.

— Et qu'as-tu fait pendant vingt ans ? cria Carole.

Amplifiant à peine le mouvement de sa tête, le colonel dévisagea tout le monde :

— J'avoue que je vous ai conservés, dit-il.

Et s'éloignant, dans un soupir que peu entendirent :

— Ah, ces blancs...

C'était fini... Le colonel, Jean-Marc et André partaient à peine, Jean-Marc vers la mer, les deux autres vers la route, qu'on respirait et s'ébrouait à nouveau... Un orchestre de jazz réattaquait, dont les jeunes musiciens avaient parfois paru songeurs... Jean-Marc, les mains aux yeux, le visage en sang, tournait quelque peu sur place... Ce fut à un nouveau silence général qu'il sentit un événement et aussitôt se vit entouré de toute la bande, amenée à la rescousse par Luc.

*

Ils s'avancèrent, s'armant un peu de tout au passage. Beaucoup d'invités firent de même. En vain Rosier, qui venait d'arriver avec ses vierges et n'avait rien vu encore, surpris de reconnaître ses hôtes de la journée, leur disait-il exquisement :

— Mais on ne se quitte plus !

Le mot tomba dans le vide, entre les deux camps... Les filles de Rosier, conduites par celle qui aimait Luc, passèrent aux camarades... Un trompettiste et un batteur de l'orchestre firent de même. Jean-Marc demanda :

— Personne d'autre ?... On accepte encore !

Et il donnait le signal de la bataille quand Luc s'avança, s'interposa :

— Attendez, les gars ! Il faut d'abord que je parle !

Et désignant Carole :

— C'est celle-là qui a tué sa fille, pour qu'elle n'épouse pas un minable, et parce qu'ayant raté sa chance d'être vedette, elle devenait déprimante !

Carole avec mépris :

— Quel était ce minable ?

— Moi !

— De quoi te plains-tu, si tu le reconnais ?

Elle riait. Il dit :

— Qu'as-tu fait de mes lettres ?

— Quoi ?

— Qu'as-tu fait de mes lettres à Miette, les derniers mois ? De mes dizaines de lettres ?

Carole, coincée, hurla :

— Elles étaient idiotes !

— Vous entendez ? dit Luc à toute l'assemblée...

— Est-il possible ? dit Rosier en allant retrouver ses vierges, mais avec une certaine réserve, car, comme il l'expliquait doucement à Carole, qui l'avait appelé par son nom pour le retenir, pour le prier :

— Il y a longtemps que j'aurais dû vous entretenir de ce monde. Là, en particulier, je ne suis pas très blanc...

Mathieu lui fit d'un air amusé un geste d'absolution onctueuse. Jean-Marc lui dit : « Tartine plus, on t'embarque », et il demanda encore : « Personne d'autre ? », peut-être par apostolat, peut-être aussi par prudence : il valait mieux effriter les forces adverses, les gars et leurs recrues étant vingt-cinq contre près de cent.

Carole appelait Brice, qui s'avança, jouant un peu de sa stature pour appuyer le calme de ses propos. Il dit d'abord à Luc, d'un air las :

— Elle ne va pas ressusciter, ta petite Miette. Et toi, il va falloir vivre. Je te dirai...

— Comment vivre ? demanda Luc dans un défi persiflant.

— Comment ne pas vivre, dit Brice, humble.

Il toucha. Puis à tous, sur un ton familier qui rendait imaginable qu'il fût des leurs :

— Allez, les gars, filez... Ici, c'est mort... Plus

la peine... Et puis, le cimetière, peut-être que
ça suffit... non ?...

Ils flottaient un peu. Denise murmurait à
l'oreille de Brice :

— Arrêtez là...

Mais Brice dut avoir un sursaut d'indépen-
dance — le petit mot de Denise lui avait-il paru
impérieux ? — car il se mit à donner dans l'autorité virile :

— Et puis vous n'avez pas assez de flics au
cul comme ça ?

Les gars se raidirent. Brice exagéra sa carrure :

— Alors, les gars, vous m'avez entendu ?...
Filez !...

— O grand chef ! s'écria l'un d'eux en s'esclaffant.

Et quand un camarade du fond eut révélé :
« C'est le Goncourt d'y'a deux ans », Brice aussitôt reçut un compotier dans la gueule. La mêlée
s'engagea et, malgré la cocasserie de certaines
armes de fortune, elle fut dure. Rosier suppliait
ses filles : « Les blessés ! Soignez les blessés ! »,
mais l'une lui répondit : « Faut d'abord en
faire ! » Les invités combattaient avec courage et presque à pleins effectifs — presque,
car il y eut une petite ruée au salon, vers le
téléphone : on venait de songer à la police.
Brice, tout en luttant, protégeait Carole et
Denise. Il fit cependant quelques dégâts. Jean-

Marc n'était guère efficace, car il attaquait partout en prenant soin d'éviter son père, qui le cherchait partout ; lorsque deux camarades assommèrent l'auteur de ses jours, il respira. Brice renversa Luc d'un coup qui l'étourdit, attendit, un peu atterré, qu'il remuât, et partit seul, comme s'il avait assez de tout...

*

Le téléphone était-il coupé ? Ni au salon ni dans la chambre de Carole on n'avait de tonalité pour appeler la police. En fait la ligne était prise par Honoré qui, de l'office, faisait la même besogne. Et là encore la sonnerie ne venait pas tout de suite — ce qui lui inspira cette maxime qu'on n'était plus gouvernés. Enfin, hurlant plus fort que le tumulte de la bagarre, il dit :

— Allô, la gendarmerie ? C'est Honoré...

Thomas sauta sur l'appareil pour raccrocher. Honoré l'écarta d'une poussée violente, et avertit l'interlocuteur avec majesté :

— Ne quitte pas, Eustache !... Je prends mon temps, car c'est grave... Ecoute ce bordel en attendant, ça t'occupera...

Il posa l'appareil, s'avança de toute sa masse vers son fils et, en surplomb, face à face — prenant son temps, en effet, car c'était plus

grave que tout le reste — lui pressant les
épaules à le faire crier :

— Tout ça, mon gars, c'est des histoires
entre bourgeois !... Tu en seras un, nous avons
assez fait pour ça, tu l'es pas encore... Alors
tiens-toi peinard et écoute ton père : c'est le
peuple !...

Puis il conta l'histoire au gendarme Eustache
et conclut :

— Venez embarquer tout ce beau monde !

*

La bande s'était rendue maîtresse du patio.
Le combat se portait autour de la piscine, sur
la terrasse. Le combat, ou plutôt une étrange
accalmie. Les camarades avaient manœuvré.
Les invités étaient pris entre un angle de la
piscine, la galerie d'arcades et le corps du
bâtiment. Mais ainsi ils faisaient une masse
compacte et les gars, venant sur eux selon
deux côtés du bassin, étaient séparés. Il y eut
une retombée de griserie, et même un silence.
Jean-Marc et Luc, de part et d'autre de l'eau,
dans les hautes lumières et les reflets aquati-
ques des torches qui garnissaient les colonnes,
se regardèrent. Etait-ce qu'ils en avaient assez
fait avec leurs pères ? Etait-ce le souci de la
sécurité ? Jean-Marc désigna la mer par der-

rière son épaule d'un air interrogateur, et Luc
donna son accord.

— On y va, dit-il.

Mais Carole comprit que c'était l'assaut final.
Alors elle saisit tout à coup une torche et,
l'approchant de la tenture pendante d'un velum, lui-même accroché aux branches d'un
arbre, elle dit :

— Si vous avancez, tout brûle !

Cheveux épars, nue sous sa robe déchirée,
l'œil fixe, on pouvait la croire... Cette menace
d'incendie eut pour effet une excitation nouvelle, comme si tout le monde le désirait, se
désirait... Jean-Marc commençait même à écar-
ter les bras pour interdire toute avance, tout
mélange... Certains invités, pourtant, protestè-
rent, essayant d'arracher la torche de Carole,
mais elle se dégagea dans un sursaut d'hystérie
qui la porta entre les deux camps, près des
camarades, qui reculèrent, et là, bientôt dansante, étrangement inspirée, elle criait aux
siens avec une gaieté folle :

— Mais vous êtes idiots ! Il est plus de
minuit ! Ce n'est déjà plus à moi !

Et à Jean-Marc, comme sans le reconnaître,
agitant sa flamme devant les yeux :

— Merci, monsieur...

Et derechef à ses invités, hagarde :

— Alors je laisserais tout ça, qui est ma vie,
à n'importe qui ?... Surtout s'il est parmi vous,

tas de riches!... Allez, allez, que ça flambe!

Et soudain, en démence ou du fond de son être, elle hurla :

— Et même cette imbécile de Miette, là-bas, et ses reliques stupides ! Qu'on en finisse avec cette farce ! A l'instant ! A l'instant ! Il n'y a que l'instant !

Sa façon de crier « l'instant » tenait du spasme. Elle avait mis le feu. Le velum et le pin s'étaient embrasés d'un coup dans le mistral renaissant. Il y eut des cris de joie partout, même chez les gars. Les invités prirent les torches aux colonnes et portèrent le feu dans les arbres et dans les rideaux des chambres, où l'appel d'air des salles de bains ouvertes le propagea, incendie rivalisant de vertige avec les incendiaires, cependant que Jean-Marc, sentant la tentation autour de lui et en lui de confondre les camps dans une orgie de flammes, et peut-être une autre, résistait, écartait encore ses bras en croix pour tracer une ligne d'arrêt aux camarades, et criait, rayonnant d'une joie purifiée par les premiers feux :

— Formidable ! Ils font ça eux-mêmes !

Et à Luc, de l'autre côté de l'eau :

— Dégagez ! Laissez faire ! C'est exemplaire !

Et comme il ressentait leur hésitation physique, comme il entendait presque leur souffle pendulaire s'amplifier à vide, faute de proie, les flammes dévorant tout :

— Dès qu'ils ont mis le feu, à la flotte ! au vivier !

Il désignait la piscine. Les gars furent gagnés, parfois opinant : « C'est politique ! » Et tous se rejoignirent de l'autre côté du bassin. Pour peu de temps. Thomas survint, accablé. Luc, dans une inspiration brusque, lui demandait comment vider un peu la piscine, pour qu'une fois jeté là on n'en puisse plus ressortir. Thomas n'entendait pas et confiait à Jean-Marc : « Mon père a téléphoné aux flics. » Luc trouvait le levier convenable sous une dalle, éclatait de rire. Le colonel, resurgissant avec André, grognait : « Ils arrivent », ajoutant : « Ça peut se défendre. Nous avons fait un barrage de bagnoles. Faut y aller. J'ai ramassé un ami. » C'était le flic au talkie-walkie de la veille. « Bon », dit Jean-Marc, et après avoir envoyé la moitié des camarades garder l'entrée, l'autre en finir avec les convives, il prit Vannier à part, lui montra la mer, lui parla...

Luc, voyant l'incendie dans le pavillon de Miette, y courut. Jean-Marc poussa un cri pour l'arrêter, mais trop tard. Le colonel répondait à Jean-Marc : « Pas mal, y'a de l'idée ! » prenait le takie-walkie du flic docile et émettait sous son nom, avec son indicatif : « Par la route ils sont bien protégés. Amusez-les seulement et arrivez par la mer à toute pompe ! Vous verrez

une torche qui vous signalera l'entrée droite
de la passe... oui, droite, Sud-Est !... Là, pleins
feux !... Oui, s'ils se sentent pris à revers ils
se décomposent !... Je vois que vous m'avez
compris !... Bon ! Terminé ! » Le colonel ajouta :
« Plus cons que nature ! ça marche ! » et rigola.
On entendait déjà des sirènes... Jean-Marc saisit une torche et dit : « J'y vais. » Le colonel :
« Non. André. » André prit le flambeau des
mains de Jean-Marc et descendit seul à la mer.
Son père lui cria : « Tu as un petit quart
d'heure ! » André disparut...

Tout brûlait. Le niveau de la piscine baissait
déjà. On y jetait les invités hagards et roussis.
Ils tâtaient les parois, agrippaient les bords,
se hissaient. Un coup de talon sur les doigts
les précipitait encore, jusqu'au moment où,
grâce à la baisse des eaux, leurs mains n'arrivaient plus à s'accrocher sur le haut. Bientôt
ce fut un magma de corps dans cette fosse
liquide qui reflétait et multipliait l'incendie,
sans cesse mitraillée de brandons, de flammèches, et ces corps étaient nus, car sans points
d'appui, réduits à flotter, ils arrachaient les
robes, les tuniques, les toges et, par entraînement, tout le reste. Mais on distinguait peu
les détails dans la fumée, confondant bras et
jambes, touffes de cheveux et pubis. « Bon,
trois filles suffisent ! dit Jean-Marc. Tous à la
route ! Luc, arrête le niveau ! Faut pas non plus

qu'ils aient pied ! » Mais se ressouvenant que
Luc avait disparu, et où, il bloqua le levier lui-
même, dit aux camarades : « Je vous rejoins »,
s'élança, s'arrêta, leur montrant le colonel :
« Vous méfiez pas ! allié objectif ! il a un
compte à régler avec les flics ! » — « Si c'était
qu'eux ! », dit Vannier... Jean-Marc était déjà
loin...

*

Luc, debout sur le seuil du pavillon de
Miette, soutenait le regard étrangement amusé
de Patricia couchée en diagonale du lit de la
morte, allongée nue à l'envers sur son partenaire play-boy pour lui tirer des ardeurs nouvelles, et commentant ainsi : « Il n'a pu qu'une
fois ! Va voir Jean-Marc ! Dis-lui que c'est toujours ça ! »

Elle riait. Le feu gagnait. Quand vint Jean-
Marc, Luc lui barra le passage de toutes ses
forces et l'entraîna :

— N'y va pas !.. Viens ! Tu entends ? Ça
grenade !

Et ils continuaient à parler en courant.

— Qu'est-ce qu'il y avait là-dedans ?

— Pat.

— Suicidée ?

— Vaudrait mieux, dit Luc.

— Et Daniel ? dit Jean-Marc.

Puis, se rappelant leur drame :

— Et puis merde, merde !

Et Luc, toujours courant, lui criait :

— Je suis là, tu sais...

— Oui, oui...

*

Dans une ombre infusée d'incendie, sous des arbres, à mi-chemin entre le patio et la plage, Daniel sanglotait à terre :

— Aliéné !... aliéné !...

Puis il se levait d'un bond et criait, vers un Jean-Marc imaginaire :

— C'est pas vrai ! Elles m'ont eu par la queue, c'est tout !

Puis, dans un aveu brusque :

— Et aussi par la bouffe !

Et il s'effondrait à nouveau, se redressait, fonçait au grand galop comme la nuit du 3 mai vers le théâtre ronflant et incandescent des bagarres, puis se bouchait les yeux de ses poings enragés pour ne plus voir ce paradis interdit par sa déchéance, et lui tournait le dos, et regardait alors la mer toute noire, en s'écriant : « C'est con que je sache nager !... » Il lui sembla qu'une flamme allait seule sur les eaux et il se dit qu'il était malade...

Bientôt il vit, montant de la maison du garde, Brice, fantomatique, le pas raide et titubant, tenant par le canon un fusil de chasse.

Au-dessus d'eux le dôme des flammes rouges et noires montait encore, varié par l'éclat bleuâtre des grenades et la blancheur des arbres nouvellement embrasés. Brice avançait. Les feux lui marquaient le visage. Daniel le reconnut alors, et exulta :

— Oh, c'est toi !...

— Quoi, moi ? dit Brice.

Daniel était en délire de ce miracle. Il cria :

— L'Estrapade ! La barre de mine !... Et cette fois tu as un flingue ! Viens, on va leur montrer, toi et moi ! C'est du gâteau ! C'est gagné !

Brice dit sourdement :

— Fous le camp, ou je te troue...

Et il retournait son arme, la reprenait par la crosse... Il y eut une pluie de grenades plus haut...

— Tu rigoles ! Allez, viens ! Qu'est-ce qu'on va leur mettre ! Tu me le prêtes !

Daniel tendait la main vers le canon. Brice hurla :

— Fous le camp ou je te crève !

— Mais tu es schlass ? Qu'est-ce qui t'arrive ?

Brice éclata :

— Je suis heureux !

— Ben après ? dit Daniel en reculant un peu.

— Je suis heureux pour la vie et je veux pas qu'on m'emmerde !

Il chassait Daniel, il le débusquait d'arbre en arbre, bramant ou rugissant :

— Je suis heureux et je l'ai assez attendu ! Je suis heureux et j'ai planqué tout mon fric en Suisse, tu as compris ?

— C'est pas vrai !

— Avant-hier !

— Et nous alors ?

— J'en ai rien à foutre ! Allez ouste ! *Raus !*

Daniel s'enfuit et Brice le poursuivit. Daniel se retournait et lâchait un cri quand il avait pris un peu d'avance :

— Et Mai, alors ?

— De la branlette ! de la branlette minable ! de la sous-merde !

— Et la Révolution, pour toi ?

— Du sport ! de la rigolade ! du gala !

— C'est pas bien ! dit Daniel.

Et soudain, faisant face :

— Alors tu nous aimais pas ?

— Je vous dégueule, tas de poubelles !

Et le gosse lui répondit comme un prophète :

— Eh bien, tu peux courir pour qu'on t'aime !

Alors Brice fonça en faisant tournoyer la crosse, fou. Cette fois le petit perdait du terrain. Quand il ne lui resta plus que la mer, il s'y jeta, et s'éloigna comme il put, à grand bruit d'eau et de souffle...

*

Il ne fut pas poursuivi... Brice était affaissé sur le rivage, vidé, vieux, fini... Sur le point de tourner le canon contre lui-même, il jeta l'arme... Quand une main se posa sur son épaule, par derrière lui, il fléchit.

— Laisse, dit-il, plus la peine...

Denise maintenait sa main, l'allégeant un peu. Puis elle s'agenouilla pour recueillir le buste de Brice sur sa poitrine. Il se raidit.

— Sans toi, je serais avec eux...

— Par jeu, dit-elle, doucement persuasive...

Il ne protestait plus, bientôt acquiesçant de la tête, et laissant aller ses épaules...

— Et puis, dit-elle, j'existe... quand même un tout petit peu... Vous n'allez pas m'en punir ?

Sans voix, il lui fit signe que non. Elle ajoutait :

— Vous n'allez pas non plus détester quelqu'un que j'aime ?

On se battait toujours, plus haut.

— Je dois suffire, dit-elle.

Il acheva l'effort qu'elle fit pour le relever, mais il pesait à son bras... Ils allèrent... Leur marche devenant un peu indécise, à cause des rochers où ils venaient chercher un abri, elle arrêta, et dit :

— Je m'appelle Denise...
Ils repartirent...

*

Tout allait bien. La voie d'accès au domaine n'étant guère qu'une chaussée, un filament sur la mer, on jetait aussitôt les grenades à l'eau, quand elles n'y tombaient pas d'elles-mêmes. De plus, le vent sautait, en rafales confuses. Enfin le colonel avait fait un barrage de voitures un peu lâche, filtrant les assaillants : les premiers étaient pris de stupeur paralysante devant son uniforme, et ainsi plus facilement capturés. Pour toute garde on les jetait au vivier, dans la piscine où les convives flottaient toujours, sous les flammes et dans les images des flammes, tantôt épars comme les nénuphars des habits, tantôt agglutinés en groupes indistincts pour se maintenir à flot ou se mêler par le sexe, car parmi les sanglots et les hoquets des crises de nerfs on percevait quelques râles. Les gars invitaient les flics à profiter de l'occase, ce qu'ils ne firent. Bientôt le colonel fit jeter dans la même eau, avec son accord, le policier oranais, afin qu'il fût hiérarchiquement couvert. On aurait bien voulu lui faire un sort à part, mais on n'avait pas trouvé de ficelles, l'office ayant brûlé vite... Le coït fut bientôt général au vivier...

Les camarades, tout à l'instant, exultaient...
A l'instant, ou plutôt à ce retour par miracle
d'un printemps qu'ils n'attendaient plus et qui
rayonnait d'autant : c'était Mai, on vivrait, on
ne serait plus malades !... Jean-Marc pressait
parfois sur son cœur une camarade, fût-elle
fille de ce Jean-Baptiste Rosier, lequel, entre les
charges qu'il repoussait pour sa part à coups
de buissons d'épines, semblait battre la mesure
d'une musique aux exécutants invisibles et refusait qu'on lui mît un casque, alléguant qu'il fallait recevoir l'Esprit de partout. Un peu fou... A
vrai dire ils avaient peu d'adversaires en face :
à peine une centaine, dont presque un tiers
était occupé à contenir, de l'autre côté, un flot
d'estivants passionnés par le spectacle, ainsi
que les pompiers qui s'obstinaient maniaque-
ment à marcher au feu. Les charges se raré-
fiaient, ce qui suggérait à Jean-Marc et au
colonel que les flics suivaient à la lettre la tac-
tique de diversion dictée par talkie-walkie.
Tous deux se mirent à espérer, soucieux. Le
colonel regardait souvent la torche d'André,
bien en place, au milieu d'une nappe d'écueils
invisibles. Dans un car de police, à moins de
cinquante mètres, on pouvait distinguer l'opérateur radio, surplombé par un officier : il s'agitait si fort qu'on put penser le moment décisif
tout proche, d'autant plus qu'un nouvel assaut
se préparait par la voie de terre tandis qu'on

entendait sur la mer trois moteurs puissants qui approchaient, ralentissaient, passaient au point mort, redémarraient enfin à toute puissance, dans l'instant même où la charge terrestre se déclenchait, silencieuse... On vit s'agiter la torche. On entendit même, venant du car de police, des ordres radio impatients, puis exaspérés : « Pleins feux ! sirènes ! pleins feux ! sirènes ! » De fait, trois projecteurs fusèrent sur les eaux dans un déchirement de sirènes, mais trois craquements sourds anéantirent aussitôt bruits et lumières, et l'on perçut des cris et des appels en mer à quelques centaines de mètres, cependant que la charge refluait d'elle-même, découragée... Délire à la barricade. Le colonel grogna simplement de satisfaction — guerrière, ou plus probablement paternelle, car bientôt il reprit avec agacement : « Mais qu'est-ce qu'il fout ? Pourquoi est-ce qu'il n'éteint pas ? » et encore, bouillant sur place : « Mais enfin, il n'a pas besoin d'y voir ! Nous servons de phare ! Qu'est-ce qu'il branle ? Il sauve les corps ou les âmes ? »

Mais une idée lui vint qui le consola aussitôt :

— Bon, dit-il à Jean-Marc. Profitez-en pour l'embarquer au passage. On l'a peu vu. Sa mère ne le chargera pas. Il n'y était pas. Grouillez-vous !

Jean-Marc ne paraissait pas comprendre. Le colonel insista :

— Eh bien, quoi, vous avez un canot, la voie est libre, foutrement libre !

Et Rosier, soupirant :

— Mais oui, il n'est pas tard, vous arriverez bien là-bas... Ah, ces heures ne sont à la fin que des heures !...

Et le colonel, Jean-Marc semblant toujours hébété :

— Ben quoi, on ne va pas tenir huit jours ! On se sépare !

— Mais... vous ? dit Jean-Marc.

— On les retarde, on les retarde, dit Vannier. Vous en faites pas, c'est pas Dunkerque !

— Mais la taule ?

— A notre âge, il faut quelque point fixe...

— Oui, nous sommes enfin contemplatifs, dit Rosier qui, blessé au front — là où il avait préféré l'Esprit au casque — par un impact de grenade, allait, venait, sifflotait, repoussait les soins de ses vierges, tendait sec le jarret et nettoyait sans cesse le verre à vitre de ses lunettes, poissé de sang...

La bande s'éloigna sans un mot, avec d'étranges regards luisants pour les deux ancêtres, soutenant ses blessés, emmenant celle des filles du journaliste qui aimait Luc...

Rosier, demeuré seul avec ses deux autres vierges guerrières et le colonel Vannier, tint

personnellement à mettre le feu aux voitures,
dont la sienne, et tandis que les flammes s'éle-
vaient, gigantesques, répondant à la rage de
l'incendie du domaine, il s'écria, d'un ton de
citation lyrique :

— Les murailles du monde flambent !...

Vannier plissa le front pour un colossal
effort d'investigation dans sa mémoire classique et finit par s'écrier, enthousiasmé de lui-
même :

— Néron !

— Pas tout à fait, dit Rosier. Lucrèce !

Et il ajouta, consolant :

— Vous brûliez...

Ils furent pris de fou rire. Rosier fit cinq ou
six jeux de mots à la suite, qui durent lui
rappeler les salles de rédaction de sa jeunesse,
puis, voyant s'avancer de l'autre côté de la barricade aux feux déclinants un bulldozer dont la
hauteur semblait géante, alors que le colonel,
lui-même surpris, faisait « Aïe !... », il conclut,
sur un ton d'extrême simplicité qui rajeunis-
sait le sublime :

— Ils ne passeront pas.

— Les flics ?

— Non, mes articles...

Le colonel pouffa au point de s'étrangler,
puis rectifia sa tenue en prévision de la cap-
ture, à présent inévitable. Le geste lui rendant
un peu de sa carrière passée, il demanda bien-

tôt à l'éditorialiste ce que tous deux avaient de commun avec ces gars-là.

— Si on le savait, on saurait tout, dit Jean-Baptiste...

*

Arrivée au rivage, la bande n'avait plus trouvé le canot. A la place flottait, semblait-il, une embarcation minuscule, peut-être le youyou de Thomas. Bientôt, accommodant leur vue à l'obscurité, ils crurent deviner le canot lui-même beaucoup plus loin, masse flottante en mouvement faible, cependant qu'ils croyaient entendre par intervalles un léger bruit de moteur. Mais aucun moyen de s'y rendre, surtout avec les blessés. Coincés.

De fait, sur le chris-craft du président-directeur général du *Beaumarchais*, Honoré, pénétré de ses responsabilités de porteur de sa petite famille, naviguait à l'estime et au ralenti extrême entre les écueils, non pour s'enfuir, mais pour voir venir... « Demain il fera jour, demain on y verra plus clair », disait-il. Et il pêchait un policier de-ci de-là, refusant qu'on le remerçiât, alléguant que c'était la moindre des choses et même une dette, puisque après tout il les avait convoqués lui-même... Il refusait l'idée d'une récompense, répétant, à l'usage de son fils en faible révolte, que les deux camps ne valaient pas mieux l'un que l'autre et s'étaient bien amusés ensemble...

*

Jean-Marc — ils restaient là et ne faisaient plus rien — demanda soudain :
— Et André ?
Mais en montant sur un roc il vit à nouveau la torche. Un camarade dit qu'il fallait retourner là-haut, en casser un peu, aider les vieux, que le contraire était moche, mais presque au même instant ils entendirent l'irrésistible fracas du bulldozer écrasant le barrage de bagnoles avec une lenteur étrange qui suggérait quelque volupté, et Jean-Marc s'inquiétait à présent d'un nouveau spectacle : la torche s'agitait, et l'on pouvait croire d'abord que c'était pour faire un signe, mais les saccades se faisaient de plus en plus inégales, désordonnées, convulsives, au point qu'il devenait évident qu'on se battait, ou se débattait. Bientôt, elle disparut dans les flots. Pas loin. On entendit même le bruit du feu qui siffle dans l'eau.

*

A l'aube, dans le salon plus qu'à demi calciné de Carole, où même quelques baies vitrées avaient fondu, quelques dizaines d'invités en-

tassés sur des débris de fauteuils, de divans,
ou sur des couche-partout à terre, attendaient
sans se plaindre la fin d'une vérification d'identité courtoise, en grande partie téléphonique,
ou même de confiance, la plupart des papiers
baignant dans la piscine avec les habits. On
les avait vêtus de couvertures ou de draps
roussis. A peine entendait-on quelques gémis-
sements, soit de plaisir attardé, soit de bouderie contre un adultère en piscine — comme
si cette nuit avait été normale !... On réprimait
l'idiot, on bâillonnait la nymphe, surtout lorsque passaient des hommes de garde, comme
s'il s'agissait de mériter les égards par la
dignité des conduites, voire — c'était obscur
mais sensible — d'encourager ces hommes à
faire leur devoir toutes les fois que ça recom-
mencerait ; car ils avaient eu quelques pertes,
surtout par noyade... Un officier confiait à ces
détenus aimables qu'on attendait qu'un haut
fonctionnaire s'éveillât, et ils avaient insisté
pour qu'on ne le troublât point avant une
heure décente. On avait tout le temps. La nuit
se revivait dans une grande circulation de
récits, chacun rectifiant la vision partielle de
l'autre. L'ensemble — on s'en aperçut aux premiers interrogatoires — était incohérent, mais
comme l'événement lui-même. Du reste on dis-
cernait des moyennes, des constantes. Ainsi,
chez ces victimes d'une telle agression, une

rare élégance, un fair-play assez crâne. Aucun ne porta plainte. Aucun ne formulait contre les camarades d'accusation accablante : psychologiquement on les comprenait trop bien — mal de cette jeunesse, à qui manquait une guerre, et peut-être certains exemples... — pour se laisser aller au reproche, encore moins à l'injure. Bref, les gars ne seraient guère inculpés que d'incendie volontaire...

Carole et le père de Jean-Marc se reposaient côte à côte sur les ressorts quasiment nus d'un canapé. Carole était prostrée, l'œil ouvert comme les morts. On évitait ce regard, quoiqu'il ne vît pas. Elle le sentit et abaissa un peu les paupières. Ce fut ainsi qu'elle crut apercevoir le bras de son compagnon qui se tendait, désignant au-dehors la pitié de la galerie d'arcades détruite, et il disait lourdement :

— Nous rebâtirons tout cela...

Carole, sans remuer même la paupière, demanda :

— Nous... ?

Il répondit :

— Oui. J'achète.

Elle dit, sur un ton de protestation morale, très lasse :

— Non, non, vous ne pouvez pas...

Et il répondait, sur un ton de précision matérielle :

— Je peux, je peux !

Ajoutant presque aussitôt :

— Mais voulez-vous ?...

Carole se retenait de faire trop tôt la reine.
Elle dit humblement, d'une petite voix :

— Ce que je veux, qu'est-ce que ça peut
faire ?

— Tout.

Alors elle, intime :

— Pourquoi ?

Lui, sur un timbre sourd, presque profond :

— Vous le savez depuis longtemps.

Et amplifiant la chose aux dimensions de
ce monde, tant menacé :

— Et puis il faut se serrer un peu, n'est-ce
pas ?

Elle sentit fort bien ce passage à l'universel
et en profita pour répondre :

— Oui, s'aimer...

Il opina, lui prenant la main avec une force
calme, pensive :

— Quoi d'autre ?...

*

Rosier — on avait mis Rosier, évanoui
d'avoir trop perdu de sang, dans ce même salon,
avec ses filles restantes qui le veillèrent, car il
était fort bien passé de la syncope au sommeil
— Rosier s'éveilla peu à peu, d'un geste demanda ses lunettes intactes, et avant de les

mettre, sans reconnaître les lieux, soupira de bonheur tout au long d'une phrase :

— Ah, que s'est-il passé pour que j'aie si bien dormi ?

Et puis, laissant aller ses yeux à la mémoire, presque à la réminiscence :

— Ah oui, j'y suis tout de même... un tout petit peu... entré...

Et il demandait à ses filles, en vérifiant leurs visages :

— Ces jeunes gens sont bien partis ? bien arrivés ? Votre sœur aussi ? Au fait, laquelle est-ce ?...

Mais devant leur silence il s'assit, se leva, s'étira un peu, toujours d'aise, considéra ce qui l'entourait, bientôt aperçut même quelque chose d'intéressant à travers la porte-fenêtre, sans doute sur le rivage, puis, de se voir lui-même où il était, et en quelle compagnie, fit, dans un déplaisir discret, « tt, tt, tt ! », et sans autre commentaire, entraînant ses filles d'un geste du doigt levé, s'excusant exquisement d'enjamber les corps, il se dirigea vers la sortie. Là il dit quelques mots à l'oreille d'un C.R.S., un peu comme on demande la permission d'aller au petit endroit, et le garde leva les bras comme pour dire « ma foi, si vous y tenez absolument... » et le laissa passer, suivi de ses deux filles. Ils s'avancèrent sur la terrasse de la piscine à la file indienne et bientôt élevèrent

chacun les deux mains derrière leur crâne,
coudes bien écartés, ce qui les amenait à cam-
brer les reins et à marcher sur les pointes,
avec d'amples et fraîches respirations rythmi-
ques. Rosier voulait-il dire qu'il étouffait désormais dans le milieu du salon ? Ou bien la
gymnastique aurorale lui était-elle à ce point
indispensable ? Quelques invités, aux fenêtres,
s'en amusèrent...

Mais il échappait à leur vue, conduisant sa
progéniture par un sentier qui descendait au
rivage, où la bande gauchiste et le colonel
Vannier étaient rangés dans cette même pos-
ture, parfois rectifiée par derrière à petits
coups de matraque, et tenus en respect par
des mitraillettes sur le devant. Rosier murmurait, droit devant soi, pour agacer ses deux
filles :

— Je me demande si l'indemnité de licenciement joue encore...

*

C.R.S. et gendarmes cherchaient et recueil-
laient parmi les écueils les noyés de leurs trois
vedettes. Des épaves, des casques renversés
flottaient sur l'eau. Deux gardes ramenaient le
corps d'un camarade et l'un disait, en conso-
lation funèbre :

— Enfin, c'est pas pour rien...

— Tu trouves ? répondait l'autre, amer.

Et le premier détaillait ainsi les fruits de ce sacrifice :

— Incendie volontaire, homicides volontaires... Cette fois, ça va chercher assez loin, tout ça... On les a...

Un quatre-galons pétulant venait d'arriver sur les lieux et abordait ainsi Vannier :

— Alors, le colon, on y a pris goût à la taule ?

Et le colonel dit sur un ton de commentateur, détachant bien les syllabes :

— Petit voyou gradé...

Le flic lui arracha sa plaque de décorations. Le drôle fut que Luc faillit bondir, mais Vannier le retint.

— Laisse, il peut pas tout enlever...

On regarda, intrigué. L'uniforme du colonel datait manifestement d'avant-guerre : il avait dû s'offrir une seule grande tenue dans sa vie, où il n'avait pas grossi, étant déjà ours à vingt ans... Autour de la boutonnière une différence de teinte dans le tissu indiquait la place pâlie de l'ancienne Croix de Lorraine...

— Mon père n'en était pas, dit Jean-Marc, d'un ton qui s'essayait en vain à l'insignifiance...

La main de l'officier pétulant prenait élan en arrière pour mieux gifler Vannier, mais le déclic d'une ou deux mitraillettes que l'on armait, dans les rangs de ses propres hommes, lui rendit soudain le calme...

On découvrit alors, ramenés par le premier vent de mer, deux corps de noyés enlacés, Daniel, André, qui bientôt inspirèrent à leurs porteurs les considérations techniques suivantes :

— C'est le petit qui a noyé le grand en s'agrippant...

— Arrêt du cœur, d'ailleurs...

— C'est dur de les séparer...

L'officier avisa d'abord André :

— Qui c'est celui-là ? demanda-t-il à la bande.

— Le fils du colonel, répondit le flic d'Oran.

— Et l'autre ? Qui c'est l'autre ?

Nul ne savait apparemment le nom de Daniel... Lorsque Jean-Marc put parler, il dit, sans s'adresser à un interlocuteur précis, le regard vide, mais droit :

— Mon frère...

Ce fut à peine si on entendit ces deux mots, cette vérité, cette annonce d'un lien définitif avec la misère.

Luc, de la tête, approuva.

TABLE DES MATIÈRES

Imp. Sévin, à Doullens. — 4-1971.
(Dépôt légal : 1er trimestre 1971.)
Flammarion et Cie, éd. (No 7 115).
—— Imprimeur : No 2 632. ——

Il a été tiré de cet ouvrage :

TRENTE EXEMPLAIRES SUR VÉLIN ALFA
DONT VINGT EXEMPLAIRES NUMÉROTÉS DE 1 A 20
ET DIX EXEMPLAIRES, HORS COMMERCE, NUMÉROTÉS DE I A X.

MAURICE CLAVEL

LA PERTE
ET
LE FRACAS

OU

LES MURAILLES DU MONDE

roman

FLAMMARION, ÉDITEUR
26, rue Racine, Paris

DU MÊME AUTEUR

Chez le même éditeur :

QUI EST ALIÉNÉ ? *Critique et métaphysique
sociale de l'Occident.*

Chez d'autres éditeurs :

ROMANS

UNE FILLE POUR L'ÉTÉ (Julliard - Lettres Nouvelles).

LE JARDIN DE DJEMILA (Julliard).

LE TEMPS DE CHARTRES (Julliard).

LA POURPRE DE JUDÉE (Christian Bourgois).

THÉATRE

LES INCENDIAIRES (N.R.F.).

LA TERRASSE DE MIDI (N.R.F.).

LA GRANDE PITIÉ (N.R.F.).

SAINT EULOGE DE CORDOUE (N.R.F.).

LE SONGE (adapté de Strindberg) - Comédie-
Française. (Coll. du Répertoire.)

En préparation :

LA MÉTAPHYSIQUE.

LA PERTE
ET
LE FRACAS

ou

LES MURAILLES DU MONDE